世 故 人 情

世故人情

魯迅 老舍 周作人 等

錢理群 編

香港城市大學出版社
City University of Hong Kong Press

項目統籌	陳小歡
實習編輯	梁思敏（香港城市大學中文及歷史學系三年級）
書籍設計	蕭慧敏

本書簡體版由北京領讀文化傳媒有限責任公司出版，並經其授權出版。
版權所有，不得翻印。

©2020 香港城市大學

本書版權受香港及國際知識版權法例保護。除獲香港城市大學書面允許
外，不得在任何地區，以任何方式，任何媒介或網絡，任何文字翻印、
仿製、數碼化或轉載、播送本書文字或圖表。

國際統一書號：978-962-937-388-7

出版

香港城市大學出版社
香港九龍達之路
香港城市大學
網址：www.cityu.edu.hk/upress
電郵：upress@cityu.edu.hk

©2020 City University of Hong Kong

Wisdom to Get Along

(in traditional Chinese characters)

ISBN: 978-962-937-388-7

Published by

City University of Hong Kong Press
Tat Chee Avenue
Kowloon, Hong Kong
Website: www.cityu.edu.hk/upress
E-mail: upress@cityu.edu.hk

Printed in Hong Kong

目錄

編輯說明

　　本套「課堂外的讀本」由陳平原、錢理群、黃子平教授分別編選。

　　為了尊重原作，除了個別標點及明顯的排印錯誤外，本叢書的一些習慣用法及其措辭均依舊原文排印，其中個別不符合當下習慣者，請讀者諒解。

收聽有聲書方法

　　本書每篇文章均提供免費錄音，讀者可選擇以下其中一種方法收聽：

方法一：　以智能手機掃描文章右上角之二維碼（QR code），即可收聽
　　　　　該篇文章之錄音。

方法二：　登入 Youtube.com 網站：
　　　　　i.　搜尋 "CityUPressHK"；
　　　　　ii.　然後點擊 CityUPressHK 頻道；

iii. 進入 CityUPressHK 頻道後，點擊「播放清單」，然後選擇
【課堂外的讀本系列・世故人情】，收聽有關文章的錄音。

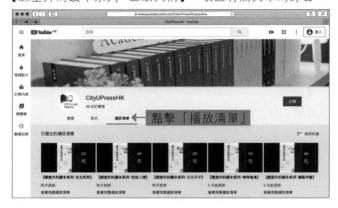

方法三： 直接登入【課堂外的讀本系列・世故人情】播放清單網頁：
https://www.youtube.com/watch?v=6J7jt7FRG7I&list=PL7Jm9R068Z3tZoCEDgjWjlGZ8vGapwapS

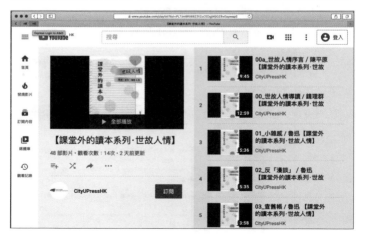

序言

陳平原

　　據説，分專題編散文集我們是始作俑者，而且這一思路目前頗能為讀者接受，這才真叫「無心插柳柳成蔭」。當初編這套叢書時，考慮的是我們自己的趣味，能否暢銷是出版社的事，我們不管。並非故示清高或推卸責任，因為這對我們來説純屬「玩票」，不靠它賺名聲，也不靠它發財。説來好玩，最初的設想只是希望有一套文章好讀、裝幀好看的小書，可以送朋友，也可以擱在書架上。如今書出得很多，可真叫人看一眼就喜歡，願把它放在自己的書架上隨時欣賞把玩的卻極少。好文章難得，不敢説「野無遺賢」，也不敢説入選者皆「字字珠璣」，只能説我們選得相當認真，也大致體現了我們對二十世紀中國散文的某些想法。「選家」之事，説難就難，説易就易，這點如魚飲水，冷暖自知。

　　記得那是一九八八年春天，人民文學出版社約我編《林語堂散文集》。此前我寫過幾篇關於林氏的研究文章，編起來很容易，可就是沒興致。偶然説起我們對二十世紀中國散文的看法，以及分專題編一套小書的設想，沒想到出版社很欣賞。這樣，一九八八年暑假，錢理群、黃子平和我三人，又重新合作，大熱天悶在老錢那間十平方米的小屋裏讀書，先擬定體例，劃分專題，再分頭選文；讀到出乎意料之外的好文章，當即「奇文共欣賞」；不過也淘汰了大批徒有虛名的「名作」。開始以為遍地黃金，撿不勝撿；可沙裏淘金一番，才知道好文章實在並不多，每個專題才選了那麼幾萬字，根本不夠原定的字數。開學以後又

泡圖書館，又翻舊期刊，到一九八九年春天才初步編好。接着就是撰寫各書的導讀，不想隨意敷衍幾句，希望能體現我們的趣味和追求，而這又是頗費斟酌的事。一開始是「玩票」，愈做愈認真，變成撰寫二十世紀中國散文史的準備工作。只是因為突然的變故，這套小書的誕生小有周折。

　　對於我們三人來說，這遲到的禮物，最大的意義是紀念當初那愉快的學術對話。就為了編這幾本小書，居然「大動干戈」，臉紅耳赤了好幾回，實在不夠灑脫。現在回想起來，確實有點好笑。總有人問，你們三個弄了大半天，就編了這幾本小書，值得嗎？我也說不清。似乎做學問有時也得講興致，不能老是計算「成本」和「利潤」。唯一有點遺憾的是，書出得不如以前想像的那麼好看。

　　這套小書最表面的特徵是選文廣泛和突出文化意味，而其根本則是我們對「散文」的獨特理解。從章太炎、梁啟超一直選到汪曾祺、賈平凹，這自然是與我們提出的「二十世紀中國文學」概念密切相關。之所以選入部分清末民初半文半白甚至純粹文言的文章，目的是借此凸現二十世紀中國散文與傳統散文的聯繫。魯迅說五四文學發展中「散文小品的成功，幾乎在小說戲曲和詩歌之上」（〈小品文的危機〉），原因大概是散文小品穩中求變，守舊出新，更多得到傳統文學的滋養。周作人突出明末公安派文學與新文學的精神聯繫（〈雜拌兒跋〉和《中國新文

學的源流》），反對將五四文學視為歐美文學的移植，這點很有見地。但如以散文為例，單講輸入的速寫（sketch）、隨筆（essay）和「阜利通」（feuilleton）[1]固然不夠，再搭上明末小品的影響也還不夠；魏晉的清談、唐末的雜文、宋人的語錄，還有唐宋八大家乃至「桐城謬種選學妖孽」，都曾在本世紀的中國散文中產生過遙遠而深沉的回音。

　　面對這一古老而又生機勃勃的文體，學者們似乎有點手足無措。五四時輸出「美文」的概念，目的是想證明用白話文也能寫出好文章。可「美文」概念很容易被理解為只能寫景和抒情；雖然由於魯迅雜文的成就，政治批評和文學批評的短文，也被劃入散文的範圍，卻總歸不是嫡系。世人心目中的散文，似乎只能是風花雪月加上悲歡離合，還有一連串莫名其妙的比喻和形容詞，甜得發膩，或者借用徐志摩的話：「濃得化不開」。至於學者式重知識重趣味的疏淡的閒話，有點苦澀，有點清幽，雖不大容易為入世未深的青年所欣賞，卻更得中國古代散文的神韻。不只是逃避過分華麗的辭藻，也不只是落筆時的自然大方，這種雅致與瀟灑，更多的是一種心態、一種學養，一種無以名之但確能體會到的「文化味」。比起小說、詩歌、戲劇，散文更講渾然天成，更難造假與敷衍，更依賴於作者的才情、悟性與意趣——因其「技術性」不強，很容易寫，但很難寫好，這是一種「看似容易成卻難」的文體。

1.　阜利通：英文 feuilleton 的音譯，指短篇小品文。

選擇一批有文化意味而又妙趣橫生的散文分專題彙編成冊，一方面是讓讀者體會到「文化」不僅凝聚在高文典冊上，而且滲透在日常生活中，落實為你所熟悉的一種情感，一種心態，一種習俗，一種生活方式；另一方面則是希望借此改變世人對散文的偏見。讓讀者自己品味這些很少「寫景」也不怎麼「抒情」的「閒話」，遠比給出一個我們認為準確的「散文」定義更有價值。

　　當然，這只是對二十世紀中國散文的一種讀法，完全可以有另外的眼光、另外的讀法。在很多場合，沉默本身比開口更有力量，空白也比文字更能說明問題。細心的讀者不難發現我們淘汰了不少名家名作，這可能會引起不少人的好奇和憤怒。無意故作驚人之語，只不過是忠實於自己的眼光和趣味，再加上「漫說文化」這一特殊視角。不敢保證好文章都能入選，只是入選者必須是好文章，因為這畢竟不是以藝術成就高低為唯一取捨標準的散文選。希望讀者能接受這有個性有鋒芒因而也就可能有偏見的「漫說文化」。

一九九二年九月八日於北大

導讀

錢理群

　　「世故人情」這個題目是從朱自清先生那兒「偷」來的：據朱先生在《語文影及其他》序言裏説，他原先計劃着將「及其他」這部分寫成一本書，就想命名為《世情書》。所謂「世情」，顧名思義，就是「世故人情」的意思。講「世故人情」而能變成「及其他」，這本身就很有點「意思」。記得在「文革」中，報紙上在報道出席會議的一大堆要人顯貴名單之後，往往帶上「還有某某某」這樣一句；這「還有」就是「及其他」，大概含有「附帶」、「不入流」、「排不上座次」之類的意思。如此説來，「世故人情」恐怕就是「不入」正經（正式）文章之「流」的，但因此也獲得了一種特殊價值：它可是「侃大山」的好材料。細細想來，也確乎如此，三五好友，難得一聚，天南海北，胡吹亂侃一通，除了「聊天（氣）」之外，可不就要「談世情」。這類話題，於人生閲歷之外，往往透着幾分智慧，還能逗人忍俊不禁，──就像人們一聽到「還有」或「及其他」，就不免微微一笑。按朱自清先生的説法，這背後，甚至還暗含着「冷眼」看「人生」的「玩世的味兒」。這就進入了一種「境界」，我們不妨把它叫作「散文的境界」或「小品文的境界」──實在説，散文（小品）本來就是「侃大山」的產物；閒談絮語中的智慧、風趣，連同那輕鬆自如的心態，都構成了散文（小品）的基本要素，並且是顯示其本質的。五四時期，人們給深受英國隨筆影響的小品文下定義時，即是強調「小品文是用輕鬆的文筆，隨隨便便地來談人生」（梁遇春：《小品文選・序》）。把這層意思化為正兒八經的學術語言，我們可以説，

「對於中國現代社會日常生活中的『世故人情』的發微,開掘,剖析,構成了中國現代小品文與作家所生活的現實人生的基本聯繫方式之一;自然,這是一種藝術的聯繫:不僅決定着藝術表現的內容,而且決定着藝術表現的形式」。——您瞧,經過這一番學術化處理,「世情書」竟成了散文(小品)的「正宗」,「不入流」轉化為「入流」:兩者之間,本也沒有嚴格的不可逾越的鴻溝。

「世故人情」主要是一種人生智慧與政治智慧。這可是咱們中國人的「特長」。有人說,中國這個民族不長於思辨,藝術想像力也不發達,卻最懂世故人情,這大概是有道理的。我們通常對人的評價,很少論及有否哲學頭腦,想像力如何,而說某甲「不通世故」,某乙「洞達人情」,都是以對「世情」的把握與應對能力,也即人生智慧、政治智慧的高低作為標準的。中國傳統文化,無論是孔孟儒學,還是法家、道家,對「世故人情」體察之精微、獨到,都足以使世人心折。郭沫若在《十批判書》裏,就曾經讚嘆韓非《說難》、《難言》那些文章「對於人情世故的心理分析是怎樣的精密」,以為「他那樣的分析手腕,出現在二千多年前,總不能不說是一個驚異」。魯迅在研究中國小說史時,也從中國明、清兩代小說中,發掘出了「人情小說」這一種小說類型(流派)。他評價說,這類小說常「描摹世態,見其炎涼,故或亦謂之『世情書』也」——朱自清先生所謂「世情書」或許就源出於魯迅也說不定。當然,也不妨說,這是「英雄所見略同」:整整一代人都同時注意到(或

者説努力發掘）中國傳統文化中的政治智慧與人生智慧，這個事實本身就是發人深思的。先哲早已説過，中國歷史就是一部「相斫史」，由此而結晶出傳統文化中的「世故人情」；歷史進入本世紀，急劇的社會改革導致人心大變，縱橫捭闔的政治鬥爭的風雲變幻，更是迫得人們必須深諳人情世故。天真幼稚，思維方式的簡單化，直線化，認識與現實的脱節，甚至可能帶來滅頂之災。著名散文家孫犁在收入本書的〈談迂〉一文中，就説到「文化革命」中由於「不諳世情」怎樣備受磨難。這是一個毋庸迴避的事實：中華民族是在血的浸泡中學會懂得「世故人情」的。因此，如果有人因為中國人富有政治智慧、人生智慧而洋洋自得，無妨請他先想一想我們民族為此付出的代價：「世情書」背後的血的驚心與淚的沉重是不應該忘記的。

　　但如果因此而走向極端：時時、處處念念不忘，沾滯於兹，無以解脱，也不會有「世情書」的產生。朱自清先生曾説，《左傳》、《戰國策》與《世説新語》是中國傳統中「三部説話的經典」。應該説，《左傳》與《戰國策》裏都包含有十分豐富的人生智慧與政治智慧，但它們「一是外交辭令，一是縱橫家言」，都不是我們所説的「世情書」。真正稱得上的只有表現了魏晉「清談」風的《世説新語》。這裏的關鍵顯然在「説話人」（作者）主體的胸懷，氣質，心態，觀照態度。魯迅嘗説「魏晉風度」於「清峻」之外尚有「通脱」的一面。「通脱」即是「隨便」；如果説「玩世」嫌不好聽，那麼也可以説是「豁達」。所謂「豁達」，

就是「看透」以後的「徹悟」。這既是徹底的清醒，又是一種超越，另有一番清明、灑脱的氣度。這就是我們通常所説的「幽默」——這是更高層次的智慧，也是更高層次的人生的，審美的境界。在我看來，真正達到了這一境界的，魏晉文人之外，唯有五四那一代。當然，兩者文化背景的不同是自不待言的：五四時期的知識分子深受西方理性主義精神的影響，科學民主的現代觀念已經內化為自身的生存要求，但他們卻又身處於中國傳統習俗的包圍之中，內心要求與現實環境的強烈反差，使他們不僅在感情、心理上不能適應，覺得像穿一件潮濕的內衣一樣，渾身不自在；而且時時、處處都會產生荒誕感。這在某種意義上，是對自我（及民族）生存方式的荒誕性的清醒的自覺意識，因此，它是刻骨銘心的；説出來時又是盡量輕鬆的。但敏感的讀者自會從那哭笑不得、無可奈何的語氣中體會到，作者一面在嘲笑，甚至鞭撻中國文化與中國國民性的某些弱點，一面卻又在進行着自我調侃：而恰恰是後者，使這類散文的「批判」不似青年人的火氣十足，鋒芒畢露，而別具「婉而多諷」的風致，這又在另一面與中國傳統的美學風格相接近了。讀者只要讀一讀收入本集的豐子愷的〈作客者言〉，林語堂的〈冬至之晨殺人記〉，梁實秋的〈客〉，就不難體味到，五四這一代作家筆下的「世情書」中的幽默感，產生於現代「理性之光」對中國傳統「世相」的映照，其「現代性」是十分明顯的。

「幽默」裏本來也多少含有點「玩世」的味道——在參悟人情世故之後，似乎也必然如此。但這裏好像也有個「線」，「玩世」過了頭，就會變成「幫閒」以至「幫兇」。這在中國，倒也是有「傳統」的；魯迅早就指出過，只講金聖嘆的「幽默」，未免將屠夫的兇殘化為一笑；「從血泊中尋出閒適」，是根本不足取的。也還是魯迅説得對，「人世間真是難處的地方，説一個人『不通世故』固然不是好話，但説他『深入世故』也不是好話。『世故』似乎也像『革命之不可不革，而亦不可太革』一樣，不可不通，而亦不可太通的」。「世情書」中的幽默，正在於恰到好處地掌握了「世故」「不可不通，亦不可太通」之間的「分寸」，也即是「適度」。從人生態度上説，則是既看透人生，不抱一切不合實際的幻想，又積極進取認真，保存一顆赤子之心。在「玩世不恭」的調侃語調底下內蘊着幾分憤激與執着，形成了這類現代「世情書」豐厚的韻味，其耐讀處也在於此。讀這樣的散文，不管作者怎樣放冷箭，説俏皮話，你都能觸摸到那顆熱烈的心，感受着那股「叫真」勁兒，這也是構成了本世紀以來中國知識分子與文學的時代「個性」的。

　　　　　　　　　　　　　　　　　　　　　一九八九年一月十日初稿
　　　　　　　　　　　　　　　　　　　　　一九九〇年一月十四日修改

小雜感

魯 迅

蜜蜂的刺，一用即喪失了牠自己的生命：犬儒[1]的刺，一用則苟延了他自己的生命。

他們就是如此不同。

約翰穆勒說：專制使人們變成冷嘲。

而他竟不知道共和使人們變成沉默。

要上戰場，莫如做軍醫；要革命，莫如走後方；要殺人，莫如做劊子手。既英雄，又穩當。

與名流學者談，對於他之所講，當裝作偶有不懂之處。太不懂被看輕，太懂了被厭惡。偶有不懂之處，彼此最為合宜。

世間大抵只知道指揮刀所以指揮武士，而不想到也可以指揮文人。

又是演講錄，又是演講錄。

---

1. 犬儒：原指古希臘昔匿克學派的哲學家。他們過着禁慾的簡陋的生活，被人譏誚為窮犬，所以又稱犬儒學派。這些人主張獨善其身，以為人應該絕對自由，否定一切倫理道德，以冷嘲熱諷的態度看待一切。作者在一九二八年三月八日致章廷謙信中說：「犬儒=Cynic，他那『刺』便是『冷嘲』。」

但可惜都沒有講明他何以和先前大兩樣了；也沒有講明他演講時，自己是否真相信自己的話。

闊的聰明人種種譬如昨日死。

不闊的傻子種種實在昨日死。

曾經闊氣的要復古，正在闊氣的要保持現狀，未曾闊氣的要革新。

大抵如是。大抵！

他們之所謂復古，是回到他們所記得的若干年前，並非虞夏商周。

女人的天性中有母性，有女兒性；無妻性。

妻性是迫成的，只是母性和女兒性的混合。

防被欺。

自稱盜賊的無須防，得其反倒是好人；自稱正人君子的必須防，得其反則是盜賊。

樓下一個男人病得要死，那間壁的一家唱着留聲機；對面是弄孩子。樓上有兩人狂笑；還有打牌聲。河中的船上有女人哭着她死去的母親。

人類的悲歡並不相通，我只覺得他們吵鬧。

每一個破衣服人走過，叭兒狗就叫起來，其實並非都是狗主人的意旨或使嗾。

叭兒狗往往比牠的主人更嚴厲。

恐怕有一天總要不准穿破布衫，否則便是共產黨。

革命，反革命，不革命。

革命的被殺於反革命的。反革命的被殺於革命的。不革命的或當作革命的而被殺於反革命的，或當作反革命的而被殺於革命的，或並不當作什麼而被殺於革命的或反革命的。

革命，革革命，革革革命，革革……。

人感到寂寞時，會創作；一感到乾淨時，即無創作，他已經一無所愛。

創作總根於愛。

楊朱無書。

創作雖說抒寫自己的心，但總願意有人看。

創作是有社會性的。

但有時只要有一個人看便滿足：好友，愛人。

人往往憎和尚，憎尼姑，憎回教徒，憎耶教徒，而不憎道士。

懂得此理者，懂得中國大半。

要自殺的人，也會怕大海的汪洋，怕夏天死屍的易爛。

但遇到澄靜的清池，涼爽的秋夜，他往往也自殺了。

凡為當局所「誅」者皆有「罪」。

劉邦除秦苛暴,「與父老約,法三章耳。」

而後來仍有族誅,仍禁挾書,還是秦法。

法三章者,話一句耳。

一見短袖子,立刻想到白臂膊,立刻想到全裸體,立刻想到生殖器,立刻想到性交,立刻想到雜交,立刻想到私生子。

中國人的想像唯在這一層能夠如此躍進。

九月廿四日

(選自《魯迅全集》3卷,北京:人民文學出版社,1981年)

反「漫談」

魯迅

　　我一向對於《語絲》沒有恭維過，今天熬不住要說幾句了：的確可愛。真是《語絲》之所以為《語絲》。

　　像我似的「世故的老人」是已經不行，有時不敢說，有時不願說，有時不肯說，有時以為無須說。有此工夫，不如吃點心。但《語絲》上卻總有人出來發迂論，如《教育漫談》，對教育當局去談教育，即其一也。「不可與言而與之言」，即是「知其不可為而為之」，一定要有這種人，世界才不寂寞。這一點，我是佩服的。但也許因為「世故」作怪吧，不知怎地佩服中總帶一些腹誹，還夾幾分傷慘。徐先生是我的熟人，所以再三思維，終於決定貢獻一點意見。這一種學識，乃是我身做十多年官僚，目睹一打以上總長，這才陸續地獲得，輕易是不肯說的。

　　對「教育當局」談教育的根本誤點，是在將這四個字的力點看錯了：以為他要來辦「教育」。其實不然，大抵是來做「當局」的。

　　這可以用過去的事實證明。因為重在「當局」，所以——

　　一、學校的會計員，可以做教育總長。

　　二、教育總長，可以忽而化為內務總長。

　　三、司法，海軍總長，可以兼任教育總長。

曾經有一位總長，聽說，他的出來就職，是因為某公司要來立案，表決時可以多一個贊成者，所以再作馮婦的。但也有人來和他談教育。我有時真想將這老實人一把抓出來，即刻勒令他回家陪太太喝茶去。

　　所以：教育當局，十之九是意在「當局」，但有些是意並不在「當局」。

　　這時候，也許有人要問：那麼，他為什麼有舉動呢？

　　我於是勃然大怒道：這就是他在「當局」呀！說得露骨一點，就是「做官」！不然，為什麼叫「做」？

　　我得到這一種徹底的學識，也不是容易事，所以難免有一點學者的高傲態度，請徐先生恕之。以下是略述我所以得到這學識的歷史——

　　我所目睹的一打以上的總長之中，有兩位是喜歡屬員上條陳的。於是聽話的屬員，便紛紛大上其條陳。久而久之，全如石沉大海。我那時還沒有現在這麼聰明，心裏疑惑：莫非這許多條陳一無可取，還是他沒有工夫看呢？但回想起來，我「上去」（這是專門術語，小官進去見大官也）的時候，確是常見他正在危坐看條陳；談話之間，也常聽到「我還要看條陳去」，「我昨天晚上看條陳」等類的話。那究竟是怎麼一回事呢？

　　有一天，我正從他的條陳桌旁走開，跨出門檻，不知怎的忽蒙聖靈啟示，恍然大悟了——

　　哦！原來他的「做官課程表」上，有一項是「看條陳」的。因為要「看」，所以要「條陳」。為什麼要「看條陳」？就是「做官」之一部分。如此而已。還有另外的奢望，是我自己的胡塗！

「於我來了一道光」，從此以後，我自己覺得頗聰明，近於老官僚了。後來終於被「孤桐先生」革掉，那是另外一回事。

「看條陳」和「辦教育」，事同一例，都應該只照字面解，倘再有以上或更深的希望或要求，不是書呆子，就是不安分。

我還要附加一句警告：倘遇漂亮點的當局，恐怕連「看漫談」也可以算作他的一種「做」——其名曰「留心教育」——但和「教育」還是沒有關係的。

九月四日

（選自《魯迅全集》3卷，北京：人民文學出版社，1981年）

查舊帳

魯迅

　　這幾天，聽濤社出了一本《肉食者言》，是現在的在朝者，先前還是在野時候的言論，給大家「聽其言而觀其行」，知道先後有怎樣的不同。那同社出版的周刊《濤聲》裏，也常有同一意思的文字。

　　這是查舊帳，翻開帳簿，打起算盤，給一個結算，問一問前後不符，是怎麼的，確也是一種切實分明，最令人騰挪不得的辦法。然而這辦法之在現在，可未免太「古道」了。

　　古人是怕查這種舊帳的，蜀的韋莊窮困時，做過一篇慷慨激昂，文字較為通俗的《秦婦吟》，真弄得大家傳誦，待到他顯達之後，卻不但不肯編入集中，連人家的鈔本也想設法消滅了。當時不知道成績如何，但看清朝末年，又從敦煌的山洞中掘出了這詩的鈔本，就可見是白用心機了的，然而那苦心卻也還可以想見。

　　不過這是古之名人。常人就不同了，他要抹殺舊帳，必須砍下腦袋，再行投胎。斬犯綁赴法場的時候，大叫道，「過了二十年，又是一條好漢！」為了另起爐灶，從新做人，非經過二十年不可，真是麻煩得很。

　　不過這是古今之常人。今之名人就又不同了，他要抹殺舊帳，從新做人，比起常人的方法來，遲速真有郵信和電報之別。不怕迂

緩一點的，就出一回洋，造一個寺，生一場病，遊幾天山；要快，則開一次會，唸一卷經，演說一通，宣言一下，或者睡一夜覺，做一首詩也可以；要更快，那就自打兩個嘴巴，淌幾滴眼淚，也照樣能夠另變一人，和「以前之我」絕無關係。淨壇將軍搖身一變，化為鯽魚，在女妖們的大腿間鑽來鑽去，作者或自以為寫得出神入化，但從現在看起來，是連新奇氣息也沒有的。

如果這樣變法，還覺得麻煩，那就白一白眼，反問道：「這是我的帳？」如果還嫌麻煩，那就眼也不白，問也不問，而現在所流行的卻大抵是後一法。

「古道」怎麼能再行於今之世呢？竟還有人主張讀經，真不知是什麼意思？然而過了一夜，說不定會主張大家去當兵的，所以我現在經也沒有買，恐怕明天兵也未必當。

七月廿五日

（選自《魯迅全集》5 卷，北京：人民文學出版社，1981 年）

説「面子」

魯迅

「面子」，是我們在談話裏常常聽到的，因為好像一聽就懂，所以細想的人大約不很多。

但近來從外國人的嘴裏，有時也聽到這兩個音，他們似乎在研究。他們以為這一件事情，很不容易懂，然而是中國精神的綱領，只要抓住這個，就像二十四年前的拔住了辮子一樣，全身都跟着走動了。相傳前清時候，洋人到總理衙門去要求利益，一通威嚇，嚇得大官們滿口答應，但臨走時，卻被從邊門送出去。不給他走正門，就是他沒有面子；他既然沒有了面子，自然就是中國有了面子，也就是佔了上風了。這是不是事實，我斷不定，但這故事，「中外人士」中是頗有些人知道的。

因此，我頗疑心他們想專將「面子」給我們。

但「面子」究竟是怎麼一回事呢？不想還好，一想可就覺得胡塗。它像是很有好幾種的，每一種身份，就有一種「面子」，也就是所謂「臉」。這「臉」有一條界線，如果落到這線的下面去了，即失了面子，也叫作「丟臉」。不怕「丟臉」，便是「不要臉」。但倘使做了超出這線以上的事，就「有面子」，或曰「露臉」。而「丟臉」之道，則因人而不同，例如車夫坐在路邊赤膊捉虱子，並不算什麼，富家姑爺坐在路邊赤膊捉虱子，才成為「丟臉」。但車夫也並非沒有「臉」，不過這時不算「丟」，要給老婆踢了一腳，

就躺倒哭起來，這才成為他的「丟臉」。這一條「丟臉」律，是也適用於上等人的。這樣看來，「丟臉」的機會，似乎上等人比較的多，但也不一定，例如車夫偷一個錢袋，被人發見，是失了面子的，而上等人大撈一批金珠珍玩，卻彷彿也不見得怎樣「丟臉」，況且還有「出洋考察」，是改頭換面的良方。

誰都要「面子」，當然也可以說是好事情，但「面子」這東西，卻實在有些怪。九月三十日的《申報》就告訴我們一條新聞：滬西有業木匠大包作頭之羅立鴻，為其母出殯，邀開「賷器店之王樹寶夫婦幫忙，因來賓眾多，所備白衣，不敷分配，其時適有名王道才，綽號三喜子，亦到來送殯，爭穿白衣不遂，以為有失體面，心中懷恨，……邀集徒黨數十人，各執鐵棍，據說尚有持手槍者多人，將王樹寶家人亂打，一時雙方有劇烈之戰爭，頭破血流，多人受有重傷。……」白衣是親族有服者所穿的，現在必須「爭穿」而又「不遂」，足見並非親族，但竟以為「有失體面」，演成這樣的大戰了。這時候，好像只要和普通有些不同便是「有面子」，而自己成了什麼，卻可以完全不管。這類脾氣，是「紳商」也不免發露的：袁世凱將要稱帝的時候，有人以列名於勸進表中為「有面子」；有一國從青島撤兵的時候，有人以列名於萬民傘上為「有面子」。

所以，要「面子」也可以說並不一定是好事情——但我並非說，人應該「不要臉」。現在說話難，如果主張「非孝」，就有人會說你在煽動打父母，主張男女平等，就有人會說你在提倡亂交——這聲明是萬不可少的。

況且，「要面子」和「不要臉」實在也可以有很難分辨的時候。不是有一個笑話麼？一個紳士有錢有勢，我假定他叫四大人吧，人

們都以能夠和他攀談為榮。有一個專愛誇耀的小癟三，一天高興的告訴別人道：「四大人和我講過話了！」人問他「説什麼呢？」答道：「我站在他門口，四大人出來了，對我説：滾開去！」當然，這是笑話，是形容這人的「不要臉」，但在他本人，是以為「有面子」的，如此的人一多，也就真成為「有面子」了。別的許多人，不是四大人連「滾開去」也不對他説麼？

在上海，「吃外國火腿」[1]雖然還不是「有面子」，卻也不算怎麼「丟臉」了，然而比起被一個本國的下等人所踢來，又彷彿近於「有面子」。

中國人要「面子」，是好的，可惜的是這「面子」是「圓機活法」[2]，善於變化，於是就和「不要臉」混起來了。長谷川如是閑説「盜泉」[3]云：「古之君子，惡其名而不飲，今之君子，改其名而飲之。」也説穿了「今之君子」的「面子」的秘密。

十月四日

（選自《魯迅全集》6卷，人民文學出版社，1981年）

---

1. 「吃外國火腿」：舊時上海俗語，意指被外國人所踢。
2. 「圓機活法」：隨機應變的方法。「圓機」，語見《莊子・盜跖》：「若是若非，執而圓機。」據唐代成玄英注：「圓機，猶環中也；執環中之道，以應是非。」
3. 長谷川如是閑（一八七五—一九六九）：日本評論家。著有《現代社會批判》、《日本的性格》等。不飲盜泉，原是中國的故事，見《尸子》（清代章宗源輯本）卷下：「孔子……過於盜泉，渴矣而不飲，惡其名也。」據《水經注》：盜泉出卞城（今山東泗水縣東）東北卞山之陰。

犧牲謨
「鬼畫符」失敬失敬章第十三

魯 迅

「阿呀阿呀，失敬失敬！原來我們還是同志。我開初疑心你是一個乞丐，心裏想：好好的一個漢子，又不衰老，又非殘疾，為什麼不去做工，讀書的？所以就不免露出『責備賢者』的神色來，請你不要見氣，我們的心實在太坦白了，什麼也藏不住，哈哈！可是，同志，你也似乎太……。

「哦哦，你什麼都犧牲了？可敬可敬！我最佩服的就是什麼都犧牲，為同胞，為國家。我向來一心要做的也就是這件事。你不要看得我外觀闊綽，我為的是要到各處去宣傳。社會還太勢利，如果像你似的只剩一條破褲，誰肯來相信你呢？所以我只得打扮起來，寧可人們說閒話，我自己總是問心無愧。正如『禹入裸國亦裸而遊』一樣，要改良社會，不得不然，別人那裏會懂得我們的苦心孤詣。但是，朋友，你怎麼竟奄奄一息到這地步了？

「哦哦！已經九天沒有吃飯？！這真是清高得很哪！我只好五體投地。看你雖然怕要支持不下去，但是——你在歷史上一定成名，可賀之至哪！現在什麼『歐化』『美化』的邪說橫行，人們的眼睛只看見物質，所缺的就是你老兄似的模範人物。你瞧，最高學府的教員們，也居然一面教書，一面要起錢來，他們只知道物質，

中了物質的毒了。難得你老兄以身作則，給他們一個好榜樣看，這於世道人心，一定大有裨益的。你想，現在不是還嚷着什麼教育普及麼？教育普及起來，要有多少教員；如果都像他們似的定要吃飯，在這四郊多壘時候，哪裏來這許多飯？像你這樣清高，真是濁世中獨一無二的中流砥柱：可敬可敬！你讀過書沒有？如果讀過書，我正要創辦一個大學，就請你當教務長去。其實你只要讀過『四書』就好，加以這樣品格，已經很夠做『莘莘學子』的表率了。

「不行？沒有力氣？可惜可惜！足見一面為社會做犧牲，一面也該自己講講衛生。你於衛生可惜太不講究了。你不要以為我的胖頭胖臉是因為享用好，我其實是專靠衛生，尤其得益的是精神修養，『君子憂道不憂貧』呀！但是，我的同志，你什麼都犧牲完了，究竟也大可佩服，可惜你還剩一條褲，將來在歷史上也許要留下一點白璧微瑕……。

「哦哦，是的。我知道，你不說也明白：你自然連這褲子也不要，你何至於這樣地不徹底；那自然，你不過還沒有犧牲的機會罷了。敝人向來最贊成一切犧牲，也最樂於『成人之美』，況且我們是同志，我當然應該給你想一個完全辦法，因為一個人最緊要的是『晚節』，一不小心，可就前功盡棄了！

「機會湊得真好：舍間一個小鴉頭，正缺一條褲……。朋友，你不要這麼看我，我是最反對人身買賣的，這是最不人道的事。但是，那女人是在大旱災時候留下的，那時我不要，她的父母就會把她賣到妓院裏去。你想，這何等可憐。我留下她，正為的講人道。況且那也不算什麼人身買賣，不過我給了她父母幾文，她的父母就把自己的女兒留在我家裏就是了。我當初原想將她當作自己的女兒

看，不，簡直當作姊妹，同胞看；可恨我的賤內是舊式，說不通。你要知道舊式的女人頑固起來，真是無法可想的，我現在正在另外想點法子……。

「但是，那娃兒已經多天沒有褲子了，她是災民的女兒。我料你一定肯幫助的。我們都是『貧民之友』呵。況且你做完了這一件事情之後，就是全始全終；我保你將來銅像巍巍，高入雲表，呵，一切貧民都鞠躬致敬……。

「對了，我知道你一定肯，你不說我也明白。但你此刻且不要脫下來。我不能拿了走，我這副打扮，如果手上拿一條破褲子，別人見了就要詫異，於我們的犧牲主義的宣傳會有妨礙的。現在的社會還太胡塗，——你想，教員還要吃飯，——哪裏能懂得我們這純潔的精神呢，一定要誤解的。一經誤解，社會恐怕要更加自私自利起來，你的工作也就『非徒無益而又害之』了，朋友。

「你還能勉強走幾步吧？不能？這可叫人有點為難了，——那麼，你該還能爬？好極了！那麼，你就爬過去。你趁你還能爬的時候趕緊爬去，萬不要『功虧一簣』。但你需用趾尖爬，膝髁不要太用力；褲子擦着沙石，就要更破爛，不但可憐的災民的女兒受不着實惠，並且連你的精神都白扔了。先行脫下了也不妥當，一則太不雅觀，二則恐怕巡警要干涉，還是穿着爬的好。我的朋友，我們不是外人，肯給你上當的麼？舍間離這裏也並不遠，你向東，轉北，向南，看路北有兩株大槐樹的紅漆門就是。你一爬到，就脫下來，對號房說：這是老爺叫我送來的，交給太太收下。你一見號房，應該趕快說，否則也許將你當作一個討飯的，會打你。唉唉，近來討飯的太多了，他們不去做工，不去讀書，單知道要飯。所以我的號

房就借痛打這方法，給他們一個教訓，使他們知道做乞丐是要給人痛打的，還不如去做工讀書好……。

「你就去麼？好好！但千萬不要忘記：交代清楚了就爬開，不要停在我的屋界內。你已經九天沒有吃東西了，萬一出了什麼事故，免不了要給我許多麻煩，我就要減少許多寶貴的光陰，不能為社會服務。我想，我們不是外人，你也決不願意給自己的同志許多麻煩的，我這話也不過姑且說說。

「你就去吧！好，就去！本來我也可以叫一輛人力車送你去，但我知道用人代牛馬來拉人，你一定不贊成的，這事多麼不人道！我去了。你就動身吧。你不要這麼萎靡不振，爬呀！朋友！我的同志，你快爬呀，向東呀！ ……」

（選自《魯迅全集》3 卷，北京：人民文學出版社，1981 年）

世故三昧

魯 迅

　　人世間真是難處的地方，說一個人「不通世故」，固然不是好話，但說他「深於世故」也不是好話。「世故」似乎也像「革命之不可不革，而亦不可太革」一樣，不可不通，而亦不可太通的。

　　然而據我的經驗，得到「深於世故」的惡謚者，卻還是因為「不通世故」的緣故。

　　現在我假設以這樣的話，來勸導青年人——

　　「如果你遇見社會上有不平事，萬不可挺身而出，講公道話，否則，事情倒會移到你頭上來，甚至於會被指作反動分子的。如果你遇見有人被冤枉，被誣陷的，即使明知道他是好人，也萬不可挺身而出，去給他解釋或分辯，否則，你就會被人說是他的親戚，或得了他的賄賂；倘使那是女人，就要被疑為她的情人的；如果他較有名，那便是黨羽。例如我自己吧，給一個毫不相干的女士做了一篇信札集的序，人們就說她是我的小姨；紹介一點科學的文藝理論，人們就說得了蘇聯的盧布。親戚和金錢，在目下的中國，關係也真是大，事實給與了教訓，人們看慣了，以為人人都脫不了這關係，原也無足深怪的。

　　「然而，有些人其實也並不真相信，只是說着玩玩，有趣有趣的。即使有人為了謠言，弄得凌遲碎剮，像明末的鄭鄤那樣了，和

自己也並不相干，總不如有趣的緊要。這時你如果去辨正，那就是使大家掃興，結果還是你自己倒楣。我也有一個經驗。那是十多年前，我在教育部裏做『官僚』，常聽得同事說，某女學校的學生，是可以叫出來嫖的，[1]連機關的地址門牌，也說得明明白白。有一回我偶然走過這條街，一個人對於壞事情，是記性好一點的，我記起來了，便留心着那門牌，但這一號，卻是一塊小空地，有一口大井，一間很破爛的小屋，是幾個山東人住着賣水的地方，決計做不了別用。待到他們又在談着這事的時候，我便說出我的所見來，而不料大家竟笑容盡斂，不歡而散了，此後不和我談天者兩三月。我事後才悟到打斷了他們的興致，是不應該的。

「所以，你最好是莫問是非曲直，一味附和着大家；但更好是不開口；而在更好之上的是連臉上也不顯出心裏的是非的模樣來……」

這是處世法的精義，只要黃河不流到腳下，炸彈不落在身邊，可以保管一世沒有挫折的。但我恐怕青年人未必以我的話為然；便是中年，老年人，也許要以為我是在教壞了他們的子弟。嗚呼，那麼，一片苦心，竟是白費了。

然而倘說中國現在正如唐虞盛世，卻又未免是「世故」之談。耳聞目睹的不算，單是看看報章，也就可以知道社會上有多少不平，人們有多少冤抑。但對於這些事，除了有時或有同業，同鄉，同族的人們來說幾句呼籲的話之外，利害無關的人的義憤的聲音，

---

1. 在一九二五年女師大風潮中，陳西瀅誣衊女師大學生可以「叫局」，一九二六年初，北京《晨報副刊》、《語絲》等不斷載有談論此事的文字。

我們是很少聽到的。這很分明，是大家不開口；或者以為和自己不相干；或者連「以為和自己不相干」的意思也全沒有。「世故」深到不自覺其「深於世故」，這才真是「深於世故」的了。這是中國處世法的精義中的精義。

而且，對於看了我的勸導青年人的話，心以為非的人物，我還有一下反攻在這裏。他是以我為狡猾的。但是，我的話裏，一面固然顯示着我的狡猾，而且無能，但一面也顯示着社會的黑暗。他單責個人，正是最穩妥的辦法，倘使兼責社會，可就得站出去戰鬥了。責人的「深於世故」而避開了「世」不談，這是更「深於世故」的玩藝，倘若自己不覺得，那就更深更深了，離三昧 [2] 境蓋不遠矣。

不過凡事一說，即落言筌 [3]，不再能得三昧。說「世故三昧」者，即非「世故三昧」。三昧真諦，在行而不言；我現在一說「行而不言」，卻又失了真諦，離三昧境蓋益遠矣。

一切善知識 [4]，心知其意可也，唵 [5]！

十月十三日

（選自《魯迅全集》4卷，北京：人民文學出版社，1981年）

---

2. 三昧：佛家語，佛家修身方法之一，也泛指事物的訣要或精義。
3. 言筌：言語的跡象。《莊子‧外物》：「荃（筌）者所以在魚，得魚而忘荃；言者所以在意，得意而忘言。」
4. 善知識：佛家語，據《法華文句》解釋：「聞名為知，見形為識，是人益我菩提（覺悟）之道，名善知識。」
5. 唵：梵文 OM 的音譯，佛經咒語的發聲詞。

爬和撞

魯　迅

　　從前梁實秋教授曾經說過：窮人總是要爬，往上爬，爬到富翁的地位。不但窮人，奴隸也是要爬的，有了爬得上的機會，連奴隸也會覺得自己是神仙，天下自然太平了。

　　雖然爬得上的很少，然而個個以為這正是他自己。這樣自然都安分的去耕田，種地，揀大糞或是坐冷板凳，克勤克儉，背着苦惱的命運，和自然奮鬥着，拼命的爬，爬，爬。可是爬的人那麼多，而路只有一條，十分擁擠。老實的照着章程規規矩矩的爬，大都是爬不上去的。聰明人就會推，把別人推開，推倒，踏在腳底下，踹着他們的肩膀和頭頂，爬上去了。大多數人卻還只是爬，認定自己的冤家並不在上面，而只在旁邊——是那些一同在爬的人。他們大都忍耐着一切，兩腳兩手都着地，一步步的挨上去又擠下來，擠下來又挨上去，沒有休止的。

　　然而爬的人太多，爬得上的太少，失望也會漸漸的侵蝕善良的人心，至少，也會發生跪着的革命。於是爬之外，又發明了撞。

　　這是明知道你太辛苦了，想從地上站起來，所以在你的背後猛然的叫一聲：撞吧。一個個發麻的腿還在抖着，就撞過去。這比爬要輕鬆得多，手也不必用力，膝蓋也不必移動，只要橫着身子，晃一晃，就撞過去。撞得好就是五十萬元大洋，妻，財，子，祿都有

了。撞不好，至多不過跌一交，倒在地下。那又算得什麼呢，——他原本是伏在地上的，他仍舊可以爬。何況有些人不過撞着玩罷了，根本就不怕跌交的。

爬是自古有之。例如從童生到狀元，從小癟三到康白度[1]。撞卻似乎是近代的發明。要考據起來，恐怕只有古時候「小姐拋彩球」有點像給人撞的辦法。小姐的彩球將要拋下來的時候，——一個個想吃天鵝肉的男子漢仰着頭，張着嘴，饞涎拖得幾尺長……可惜，古人究竟呆笨，沒有要這些男子漢拿出幾個本錢來，否則，也一定可以收着幾萬萬的。

爬得上的機會愈少，願意撞的人就愈多，那些早已爬在上面的人們，就天天替你們製造撞的機會，叫你們化些小本錢，而豫約着你們名利雙收的神仙生活。所以撞得好的機會，雖然比爬得上的還要少得多，而大家都願意來試試的。這樣，爬了來撞，撞不着再爬……鞠躬盡瘁，死而後已。

八月十六日

（選自《魯迅全集》5 卷，北京：人民文學出版社，1981 年）

---

1. 康白度，英語 Comprador 的音譯，即買辦。

幾乎無事的悲劇

魯迅

果戈理（Nikolai Gogol）的名字，漸為中國讀者所認識了，他的名著《死魂靈》的譯本，也已經發表了第一部的一半。那譯文雖然不能令人滿意，但總算借此知道了從第二至六章，一共寫了五個地主的典型，諷刺固多，實則除一個老太婆和吝嗇鬼潑留希金外，都各有可愛之處。至於寫到農奴，卻沒有一點可取了，連他們誠心來幫紳士們的忙，也不但無益，反而有害。果戈理自己就是地主。

然而當時的紳士們很不滿意，一定的照例的反擊，是說書中的典型，多是果戈理自己，而且他也並不知道大俄羅斯地主的情形。這是說得通的，作者是烏克蘭人，而看他的家信，有時也簡直和書中的地主的意見相類似。然而即使他並不知道大俄羅斯的地主的情形吧，那創作出來的腳色，可真是生動極了，直到現在，縱使時代不同，國度不同，也還使我們像是遇見了有些熟識的人物。諷刺的本領，在這裏不及談，單說那獨特之處，尤其是在用平常事，平常話，深刻的顯出當時地主的無聊生活。例如第四章裏的羅士特來夫，是地方惡少式的地主，趁熱鬧，愛賭博，撒大謊，要恭維，——但挨打也不要緊。他在酒店裏遇到乞乞科夫，誇示自己的好小狗，勒令乞乞科夫摸過狗耳朵之後，還要摸鼻子——

> 乞乞科夫要和羅士特來夫表示好意，便摸了一下那狗的耳朵。「是的，會成功一匹好狗的。」他加添着說。

「再摸摸牠那冰冷的鼻頭，拿手來呀！」因為要不使他掃興，乞乞科夫就又一碰那鼻子，於是說道：「不是平常的鼻子！」

這種莽撞而沾沾自喜的主人，和深通世故的客人的圓滑的應酬，是我們現在還隨時可以遇見的，有些人簡直以此為一世的交際術。「不是平常的鼻子」，是怎樣的鼻子呢？說不明的，但聽者只要這樣也就足夠了。後來又同到羅士特來夫的莊園去，歷覽他所有的田產和東西——

還去看克理米亞的母狗，已經瞎了眼，據羅士特來夫說，是就要倒斃的。兩年以前，卻還是一條很好的母狗。大家也來察看這母狗，看起來，牠也確乎瞎了眼。

這時羅士特來夫並沒有說謊，他表揚着瞎了眼的母狗，看起來，也確是瞎了眼的母狗。這和大家有什麼關係呢，然而世界上有一些人，卻確是嚷鬧，表揚，誇示着這一類事，又竭力證實着這一類事，算是忙人和誠實人，在過了他的整一世。

這些極平常的，或者簡直近於沒有事情的悲劇，正如無聲的言語一樣，非由詩人畫出它的形象來，是很不容易覺察的。然而人們滅亡於英雄的特別的悲劇者少，消磨於極平常的，或者簡直近於沒有事情的悲劇者卻多。

聽說果戈理的那些所謂「含淚的微笑」，在他本土，現在是已經無用了，來替代它的有了健康的笑。但在別地方，也依然有用，因為其中還藏着許多活人的影子。況且健康的笑，在被笑的一方面是悲哀的，所以果戈理的「含淚的微笑」，倘傳到了和作者地位不

同的讀者的臉上，也就成為健康：這是《死魂靈》的偉大處，也正
是作者的悲哀處。

七月十四日

（選自《魯迅全集》6卷，北京：人民文學出版社，1981年）

「混」

唐 弢

作為上海人的生活態度的一種——是所謂「混」。

朋友見面，寒暄了一通之後，就不免提起舊日的夥伴來，於是各就所知，相互作着簡單的報告，而在這報告裏，往往少不了這樣的穿插：「老李這幾年混得很不錯，⋯⋯」「老王一向潦倒，新近到南京去溜了一趟，混到了一點小差使，倒也⋯⋯嗨嗨！」

自然，這也是「混」得頗為不錯的。

愚民們別有一種哲學，那就是所謂做人，人而曰「做」，這正是「混」的反面，足見其認真的程度了。在壓迫裏苦生反抗，在艱苦裏孕育堅忍，對付殘虐的是悲憤，而完成這悲憤的卻又是戰鬥，真所謂一生孜孜，永無已時。他們不但要「做」，而且也還要「做」得像一個真正的「人」，這可說是一點入世的精神。佛稱出世，但以悲智救度眾生，那「鍥而不捨」的精神，可又和愚民們默默相通，這回該說是一點出世的精神了。而我們也仍舊能夠了解，吸收，關鍵就在於彼此的同點——認真。

然而一到了唸經拜佛，化緣吃齋的和尚們的手裏，這就丟開釋迦牟尼的「能仁」與「寂默」，爬了上去，成為他的父親「淨飯王」的信徒，意在糊口了。於是乎就有糊口主義。倘以俗語出之，也即我們常常聽到的所謂「混飯吃」。

「混」就這樣的開了端。抽去脊梁，嘻開臉皮，東鑽西營，前仰後合，成天裏打着哈哈，賺幾擔柴米，贏一世酒肉的，這是一般的「混」法，手段最穩，風險最少，而成效也有限。聯甲攻乙，聯乙攻甲，當面正經，背地裏懷着鬼胎，自打算盤，這是政客的手段，是權門佞臣的「混」法；忽而左傾，忽而右向，鞋底裏塞着空白悔過書，準備賣身投靠，另起爐灶，這是投機的槍花，是革命販子的「混」法。時逢亂世，又到了表演的好機會，靈魂既能值錢，自不妨插上草標，找得主子，開口「國家」，閉口「生靈」，豈曰有心，「混」「混」而已。

　　這末一着，以技巧論，已經是頗為高明的了。站在東家的前面是奴才，一回到奴隸的中間，卻仍舊不失為總管。陪過笑臉，板起面孔，一聲「和平」，八面玲瓏，獨得「混」法之妙，看起來頭頭是道，「的律滾圓」，無以名之，姑且就稱為「混」蛋吧。

　　然而萬目睽睽，這又如何「混」得了呢！

三月八日

（選自《唐弢雜文選》，北京：人民文學出版社，1981 年）

湊熱鬧

柯　靈

談過了「看熱鬧」，覺得還有談一談「湊熱鬧」的必要。

世上有愛看熱鬧成癖者，同時還有以湊熱鬧為生者。前者無所為，而後者有所為。

愛湊熱鬧的人，總是滿臉笑嘻嘻，熱心慷慨，彷彿我佛轉世修的。一些名人的宴會裏，掛着「總理遺像」的什麼集會上，我們總可以看見這些笑嘻嘻——但有時也緊張得若有其事的臉，搖來擺去，趕也趕不開，像蒼蠅一樣。

要人一下台，他們就發起開歡送會，表示依戀；歡送辭裏，說得感激涕零，真是斯人而去，如蒼生何！但明天另一個要人剛上任，他們就又呼朋引類，執着旗子，大搖大擺地到碼頭上歡迎去了。而且還要開茶話會，對新貴人拼命拍掌，說道我公一出，斯民之幸，真是如大旱之得甘霖，再好也沒有了！

一邊歡送，一邊歡迎，他們就永遠這樣忙碌着。

此外則上體天意，或者慷慨激昂，開「討逆」之會；或者鼓舞歡欣，發擁護之電。打聽得某要人今年幾十歲，年高德劭，理應發起作壽；某名流與夫人結婚已經幾年；雖然妾媵滿室，幸而德配尚未拆對，又趕緊湊上去，發起銀婚或金婚紀念。

這些都是高等的。中等一些的便到報上去作文章，歌功頌德。開會時到場任招待，襟上別一張綢徽，在人叢裏趕來趕去，忙得滿頭大汗。闊人演說時，拍起掌來，響聲猶如機關槍。看見同輩，笑笑，揩揩汗，又皺皺眉，察其神情，若有怨尤，而其實乃是得意。

　　他們什麼事情都不做，但什麼事情都有份。英皇加冕典禮之類，這些先生們沒有職使了，便軋到洋人隊裏去，恭而敬之，不勝神往之至地坐着，以「高等華人」的資格，躬與其盛！

　　他們是永遠忙碌的，主人忙，他們幫忙，湊熱鬧；主人閒，他們扯淡，作清客。《金瓶梅》裏的西門大官人，周圍就總環繞着這一類知趣的人物。因為向同輩鳴鞭，向主子湊趣，都是奴才的美德。——這有個好聽的名詞，叫做「助興」。

　　有了這一類善於「助興」的角色，於是乎天下太平，「民國」萬歲！

一九三七年

（選自《遙夜集》，北京：作家出版社，1956 年）

論拍馬

聶紺弩

　　有一種會做官的人，到上司那裏去的時候，常常是準備好了上，中，下三種書面的對策的。

　　忘記了是商鞅還是范睢説秦王，曾先説堯舜之道，再説湯武之道，兩者都説不進去，才改説桓文之道。如今的老爺們可不這麼麻煩，先窺探一下上司的口氣，完全不談那隔得較遠的兩策，只獻出和上司意見相近的一策，使上司以為你只有一策，這一策又和自己的如此地「英雄所見」，而大加激賞。西裝，中山裝，都口袋多，很便於策士；記好：上策放在左邊上面口袋裏，中策放在右邊下面口袋裏，下策常常是被採納的，尤其要記清楚，裏面左邊的口袋！這樣才不會臨時手忙腳亂，弄得牛頭不對馬嘴。西裝，中山裝的樣式，都是來路貨，莫非外國的老爺們也這樣辦；發明這種衣服式樣的莫非就是策士自己？

　　有策而又獻得上，當然是一些優秀而又幸運的人物。但官場中，大多數卻是根本無策或有而獻不上去的。平凡的老爺們用什麼在官場裏混，而且混得很不錯，不幸的老爺們又怎樣變得幸運了的呢？莊子曰：「盜亦有道。」準此以推，當然官亦有法。孔子曰：「事君敬禮，民以為諂也！」説穿了簡單得很，就是那個「諂」字，今語謂之拍馬屁！有策的人用三策拍馬屁，無策的人就少不了設法打洞，用別種方法拍馬屁。

拍馬屁決不是一件容易事，不是空口說白話地喊幾聲「萬歲」或「偉大的主上」就算得了數的；除了聰明才智會窺探「上頭」的意向，還非要有具體表現不可；而那表現有時簡直非常血腥，和你的骨肉相連，肢體相連，人性人格相連。不能犧牲這些，就不算真正拍了馬屁，也就未必能真正得到「知遇」！歷史上有會拍馬屁的人，都是些毅然決然的大勇者：易牙蒸兒子給主子吃，樂羊子自己吃兒子的肉羹，吳起殺妻，呂不韋用妻妾施美人計，豎刁閹割自己，彌子瑕、董賢化男為女，以妾婦之道事君⋯⋯《二十年目睹之怪現狀》裏有一位苟觀察，聽說制台大人的寵妾去世了，他卻正有一個絕色寡媳，兩老夫婦就跪在地下勸她改嫁給制台作如夫人；寡媳不肯，乃暗中讓她吃進一些春藥，使她心癢難搔，不得不答應。人同此心，心同此理，這些英雄豪傑，豈不知父子之恩，夫婦之愛，人性人格之可尊又可貴？無奈要顧全這些，就沒有人給官做，縱有也做不久，做不大；在官言官，也就不得不如此了！

　　有一種書，叫做《人怎樣變成巨人？》著者是蘇聯人，說的是蘇聯事，至於咱們貴國，如果你曾耳聞目睹過一些官場現形記，就該明白：人怎樣變成非人！我的意思是說，人，只要想做官，在官場裏混，還要想盡方法混得不錯，那就很容易變成非人的，像上引的易牙乃至苟觀察們一樣。不過這種現象，大概立刻要結束了。

　　　　　　　　　　　　一九四六，十一，二，重慶

（選自《聶紺弩雜文集》，北京：三聯書店，1981 年）

談妒
芸齋瑣談之一

孫 犁

　　「文人相輕」，是曹丕説的話。曹丕是皇帝、作家、文藝評論家，又是當時文壇的實際領導人，他的話自然是有很大的權威性。他並且説，這種現象是「自古而然」，可見文人之間的相輕，幾乎是一種不可動搖的規律了。

　　但是，雖然他有這麼一説，在他以前以後，還是出了那麼多偉大的作家和作品，終於使我國有了一本厚厚的琳琅滿目的文學史。就在他的當時，建安文學也已經巍然形成了一座藝術的高峰。

　　這説明什麼呢？只能説明文人之相輕，只是相輕而已，並不妨礙更不能消滅文學的發展。文人和文章，總是不免有可輕的地方，互相攻磨，也很難説就是嫉妒。記得一位大作家，在回憶錄中，記述了托爾斯泰對青年作家的所謂妒，並不當作惡德，而是作為美談和逸事來記述的。

　　妒、嫉，都是女字旁，在造字的聖人看來，在女性身上，這種性質，是於茲為烈了。中國小説，寫閨閣的妒嫉的很不少，《金瓶梅》寫得最淋漓盡致，可以説是生命攸關、你死我活。其實這只能表示當時婦女生存之難，並非只有女人才是這樣。

　　據弗洛伊德學派分析，嫉妒是一種心理狀態，是人人都具有的，從兒童那裏也可以看到的。這當然是一種缺陷心理，是由於羨

慕一種較高的生活，想獲得一種較好的地位，或是想得到一種較貴重的東西產生的。自己不能得到心理的補償，發現身邊的人，或站在同等位置的人先得到了，就會產生嫉妒。

按照達爾文的生物學說以及遺傳學說，這種心理，本來是不足奇怪，也無可厚非的。這是生物界長期在優勝劣敗、物競天擇這一規律下生存演變，自然形成的，不分聖賢愚劣，人人都有份的一種本能。

它並不像有些理學家所說的，只有別人才會有，他那裏沒有。試想：性的嫉妒，可以説是一種典型的「妒」，如果這種天生的正人君子，涉足了桃色事件，而且作了失敗者，他會沒有一點妒心，無動於衷嗎？那倒是成了心理的大缺陷了。有的理論家把嫉妒歸咎於「小農經濟」，把意識形態甚至心理現象簡單地和物質基礎聯繫起來，好像很科學。其實，「大農經濟」，資本主義經濟，也沒有把這種心理消滅。

蒲松齡是偉大的。他在一篇小説裏，借一個非常可愛的少女的口説：「幸災樂禍，人之常情，可以原諒。」幸災樂禍也是一種嫉妒。

當然，這並不是一種可貴的心理，也不是不能克服的。人類社會的教育設施、道德準則，都是為了克服人的固有的缺陷，包括心理的缺陷，才建立起來並逐漸完善的。

嫉妒心理的一個特徵是：它的強弱與引之發生的物象的距離，成為正比。就是説，一個人發生妒心，常常是由於只看到了近處，比如家庭之間、閨閣之內、鄰居朋友之間，地位相同，或是處境相同，一旦別人較之上升，他就發生了嫉妒。

如果，他增加了文化知識，把眼界放開了，或是他經歷了更多的社會磨練，他的妒心，就會得到相應的減少與克服。

人類社會的道德準則，對這種心理，是排斥的，是認為不光彩的。這樣有時也會使這種心理，變得更陰暗，發展為陰狠毒辣，驅使人去犯罪，造成不幸的事件。如果當事人的地位高，把這種心理加上偽裝，其造成的不幸局面，就會更大，影響的人，也就會更多。

由嫉妒造成的大變亂，在中國歷史上，是不乏例證的。遠的不說，即如「文化大革命」，「四人幫」的所作所為，其中就有很大的嫉妒心理在作祟。他們把這種心理，加上冠冕堂皇的偽裝，稱之為「革命」，並且用一切辦法，把社會分成無數的等級、差別，結果造成社會的大動亂。

革命的動力，是經濟和政治主導的、要求的，並非僅憑嫉妒心理，泄一時之忿，可以完成的。以這種缺陷心理為主導，為動力，是不能支持長久的，一定要失敗的。

最不容易分辨清楚的是：少數人的野心，不逞之徒的非分之想，流氓混混兒的趁火打劫，和廣大群眾受壓迫，所表現的不平和反抗。

項羽看見秦始皇，大言曰：「彼可取而代之也。」猛一聽，其中好像有嫉妒的成分。另一位英雄所喊的：「帝王將相，寧有種乎」，乍一看也好像是一個人的憤憤不平，其實他們的聲音是和時代，和那一時代的廣大群眾的心相連的，所以他們能取得一時的成功。

一九八一年十二月廿八日

（選自《孫犁散文選》，北京：人民文學出版社，1984 年）

貪婪生下的一群兒女

秦　牧

「失敗是成功之母」、「文明是時間的長女」、「經驗是智慧的父親」……這些話都很美妙。我想：在這類格言中，似乎還可以加上一句：「貪婪是愚昧之父。」

這裏所說的愚昧，不是指洪荒時代先民的愚昧，不是指未開化民族的愚昧，也不是指未曾受到啟蒙教育的人們的某種愚昧。這裏說的，是某個人憑他的聰明和才智，本來完全可以看明白的事，但是一旦貪婪的慾念支配了他，他的聰明和才智萎縮了。本來可以看明白的事情看不明白了，愚昧竟完全支配了他。

中國古語中有「利令智昏」這個短句，表達的我想正是這個意思。

我不是憑空想起人間得有這句格言的。讀報紙的社會新聞，看到一些人受騙上當，被實際上本領相當拙劣的騙子手玩弄於股掌之上的事跡，使人想起許許多多事情，也不禁想起了要杜撰這麼一句格言。

世間的騙子手儘管詭計多端，花樣百出，但是他們的騙法歸納起來也不過幾大類。其中用得最多的一手，就是利用人們的貪念。貪念一旦支配了一個人，這人就像被噴了迷魂煙似的，混混沌沌了；就像喝醉了酒似的，迷迷糊糊了。這時候騙子手就可以十分容

易地牽着他的鼻子走，設法子使他上鈎。這個道理，和漁翁利用釣餌來釣魚並無二致。

舊上海，我是住過的。當日上海帶有一些白俄提着一個大竹簍，裏面裝滿了商標十分輝煌的罐頭，標明什麼火腿、紅燒牛肉、大蝦之類，還有「美國製造」的字樣，價錢卻要比食品公司賣的便宜一半。一見到貪便宜的人，這些上海話十分純熟的白俄，就鼓其如簧之舌，進行兜售。被它的便宜吸引了的人，不問底細，買了回去，一打開罐頭，原來不過是牛血或者番薯而已。那是當年某些白俄在上海的地下車間的產品。

和這種騙法異曲同工的，是舊上海街頭上不時出現的一幕：某甲在街上悠閒行走的時候，突然有個某乙趕上前來探詢：「先生，請問兌換金戒指的店鋪在什麼地方？我有一隻金戒指要賣給他們。」對話開始以後，某乙弄清楚金鋪所在，卻不肯走開，突然傻氣十足地道：「我初到上海，什麼也弄不清楚，不如這樣吧！你老兄幫我拿去換，換了錢，分二成給你。」說着，就把黃澄澄的金戒指遞了過來，還加了一句：「十足赤金的，實在是沒辦法才拿出來賣。」某甲一動了心，某乙又會這樣請求道：「我在這兒等你，你先給幾張鈔票讓我拿着，好定定心。我在這兒等着，你可一定要給我換來啊！」以下的事情幾乎是用不着說明的。當某甲到金店去，弄清楚這是假貨以後，氣喘吁吁地跑回原地的時候，那個一副忠厚老實相的某乙早已無影無蹤了。

奇怪的是：這樣的騙術常常在許多大城市裏上演着，而且，總是不斷有人上鈎。

眼明心靜的人難免發出這樣的疑問：「為什麼被騙的人這樣愚蠢呢？這不是很容易看出的騙局嗎？」

但是，提出這種疑問的人忘記了一個重要的原理：貪婪使人變愚蠢了。

為什麼此刻我想起一連串的上海騙子手們的活劇呢？

因為近來讀報，在社會新聞版上仍然常常讀到許多騙子手襲其先輩故伎，不斷行騙成功的故事。

那些騙局，事後拆穿來看，是非常拙劣可笑的，但是上鈎的人卻一個接着一個。

例如，在廣州周圍，就發生過這麼一串事情：

有人偽造了一張面額一億元的「美國鈔票」，四處招搖行騙。竟然有那麼一小批人見到那張荒誕不經的鈔票，就目眩神搖，暈頭轉向，魂不附體，樂不可支。請持有者吃飯的人有了，送禮品的人有了，借錢讓他揮霍的人也有了。以這麼一張偽鈔，竟騙取一群人圍着它跳「愚人舞」，這個情節不禁使人想起馬克・吐溫的幽默小說《一百萬鎊的鈔票》。

海南島有人編了一個謠言，説國民黨軍隊臨近潰逃的時候，把一筆價值一億美元的財富委託給美國人代管，美國人給回了一個白金鑄成的七兩二重的牌子作為憑證。而這塊七兩二重的白金牌子後來遺落在海南島，誰取得了它，誰就可以大發橫財。這個謠言的煙幕放出於前，接着就有人暗地裏聲稱已經發現它於後，這個「發現者」並未能真的拿出一塊白金七兩二的牌子在人家面前亮亮相，而僅僅是在後褲袋裏放着一塊硬東西讓人家摸一摸而已。他聲稱要

到廣州、北京獻寶，誰願意資助他成行的，將來他取得獎賞之後，都要重金酬謝。僅僅憑着這麼一個極其拙劣可笑、十分荒誕不經的謊言，就騙得一小群人團團轉了，有的人只在他的後褲袋摸過一下那塊據説是「白金七兩二」的硬物，就飄飄欲仙、忘乎所以，一筆款、一筆款地借給這個騙子，讓他到廣州住大旅館揮霍，直到騙子被公安部門偵破逮捕了，悲喜劇才算告一段落。

世間又有這樣的事情：一個在家鄉向以不務正業著稱的浪蕩子弟，到外頭去溜了一趟，回來的時候服裝光鮮，舉止闊綽，他聲稱已經發達了。立刻就有個姑娘在他的花言巧語之下奉獻上愛情，閃電似地進行了戀愛。這個突然闊起來的人究竟幹的什麼行當？錢究竟又是怎樣得來的？這一切，許多人，包括那個陷入情網的女郎都認為毋須探詢了。於是，像電影裏的情節似的，在舉行婚禮的時候，警察突然出現，「新郎」銀鐺入獄了，原來他是個在外頭作案潛逃回來的盜竊犯。

像這一類的事例，在我們這兒的晚報上是經常可以讀到的。我想別處大概也沒有例外。

我們社會裏有大量崇高、莊嚴、偉大、純潔的人物，正因為這樣，社會才能夠不斷前進。但我們社會也有癰疽式的人物，有時，也得揭開這一面來看看，才會更深理解，在前進的道路上，我們得克服多少的困難。承受舊時代的衣鉢，老是想不勞而獲，用吹牛拍馬來謀求利益的人，一天到晚在那裏串演那麼多的活劇，就是很值得我們正視的現象之一。

乍看起來，一個連小學一年級生也騙不了的謊言，卻可以騙得一群平時煞像有些教養、有些本事的人物突然蠢如豕鹿。貪婪蒙

住了眼睛，聰明就離開了心竅。這種情形，使我不禁想起齊白石的題畫雋語了。齊白石有一篇《題釣蝦圖》的小文，這樣寫道：「我住在朋友家，門前碧水一泓，其中魚蝦甚多，我偶然取出釣竿來，釣鈎上戲綴棉花球一團，原意在釣魚，釣得與否，非所計也。不料魚乖不上鈎，只有一個愚而貪食的蝦，把棉花球當作米飯，被我釣了上來。因口腹而上鈎，已屬可哀，上鈎而誤認不可食之物為可食，則可哀孰甚！」在上面提到的騙局故事中，受騙者一個個變得像「愚而貪食的蝦，把棉花球當作米飯」。騙子手固然是可惡的，而這樣的受騙者，也不見得值得同情。齊白石説的「上鈎而誤認不可食之物為可食，則可哀孰甚！」簡直好像是專為此輩而發的感慨了。

　　因為貪慾而使自己變得愚蠢起來的，難道只限於這些「普通人物」而已嗎？不，有時一些工於心計的所謂「大人物」也常常不免蹈此覆轍。古代謀求「不死之藥」，亂吃道士「仙丹」，以致一命提早嗚呼的好些皇帝，就是屬這類人物；好聽諛詞，以至於把奸佞之輩當做親信，對他們言聽計從，把事情敗在此輩手中的皇帝也是屬這類人物。記得在近人的筆記中，載有袁世凱被侍從欺騙的事。當袁世凱被皇帝夢纏得癡迷心竅之際，一天，他正在午睡，侍從來拭抹家具，不慎把一個非常珍貴的花樽打破了，袁世凱驚醒過來，責問之下，侍從立刻編了一套鬼話應付，説是看見床上蟠臥着一條蛟龍，嚇得魂不附體，才失手打爛花樽云云。這套鬼話居然騙過了這麼一個一代奸雄。侍從不但不受責備，還獲得了賞賜，只是被囑「不要到外頭亂説」而已。在這個場合，做皇帝的貪婪之心就使袁世凱產生了聽信鬼話的愚昧了。

社會上的騙子手，政治上的騙子手，懂得以「投其所好」來博取「愚而貪食」或者以「才智自雄」的人物的歡心，這就使得在歷史筆記裏，在社會新聞裏，經常出現許多令人「忍俊不禁」的逸事了。一個冒稱某某大人物公子的騙子手能夠把一批人騙得團團轉，某些除拍馬和害人之外一無所長的人物在某些歷史階段能夠扶搖直上，炙手可熱，事情的秘密難道不就在這裏嗎？

　　貪婪可以生下一群兒女，愚昧、兇殘、頑固、專橫，就是它們的名字。

　　歷史上有些彷彿不可索解的事情，若要索解，就得順藤摸瓜，從愚昧、兇殘、頑固、專橫一直追蹤到貪婪的總根上面去。金錢的貪婪、權力的貪婪、位置的貪婪，都可以由此派生，產下那麼一大群長相醜惡的畸形兒女。

　　有些彷彿不可解釋的歷史現象、社會現象，從這裏倒常常可以找到恰當的解釋。

　　剝削階級影響的重荷，以歷史的眼光來看，在新社會的開頭階段，總難免是十分嚴重的。

　　正因為這樣，廉潔自持，剛正不阿，堅持原則，理性清明的人，克服了私心，「泰山崩於前而色不變，麋鹿興於左而目不瞬」的人物，格外值得我們謳歌。他們真真正正是中華民族的脊梁似的人物。「十年浩劫」是非常悲慘的，但從另一個角度，也昭示了中國的確存在這樣一大批歷劫不磨的崇高人物。

一九八一年五月於廣州

（選自《秦牧自選集》，廣州：花城出版社，1984 年）

寫信

老舍

　　寫信是近代文化病之一，類似痢疾，一會兒一陣，每日若干次。可是如得其道，或可稍減痛苦。茲條列有效辦法如下：

　　（一）給要人寫信宜掛號，或快郵，以引起注意；要人每日接信甚多也。

　　（二）託人辦事的信，莫等回信（參看第四條），應即速發第二封。第二封宜比第一封更客氣；這樣，或足使對方覺得不好意思不回信。

　　（三）託人辦事的信，信封信紙均宜講究，字勿潦草。頂好隨寄些禮物。答友人求事函，雖利用訃文之空隙亦可。

　　（四）接信切勿於五日內回答，以免又惹起麻煩。尤其是託辦事的信，擱下不答，也許就馬虎過去；焉知求事的人不於最短期間已從別方面有了辦法哉。如又得函催辦前事，仍宜不答，似與之絕交者；直至你託他時，再恢復邦交。

　　（五）接不相識之人來信，不答；如呼老師，可報以短函。

　　（六）託人轉信，須託比收信人地位高的。

　　（七）回信不必貼足郵票，不貼尤妙。

（八）為減少檢信官員的疑心，書信宜用文言，問候語愈多愈好。

（九）故意接受檢查（如罵人的祖宗函），信封上宜寫某某女士收或發。

（十）掛號信勿落於太太之手，內或有匯票也。

（十一）索欠函或帳條宜原物退回。

（十二）無論填寫何項表格，「永久通信處」宜空着。

（十三）平安家信印好一千張，按時填發。本條極不適用於情書。

（十四）情書須與絕命書同時寫好，以免臨時趕作。

（選自《老舍幽默文集》，長沙：湖南人民出版社，1982年）

小病

老舍

　　大病往往離死太近，一想便寒心，總以不患為是。即使承認病死比殺頭活埋剝皮等死法光榮些，到底好死不如歹活着。半死不活的味道使蓋世的英雄淚下如湧呀。拿死嚇唬任何生物是不人道的。大病專會這麼嚇唬人，理當迴避，假若不能掃除淨盡。

　　可是小病便當另作一説了。山上的和尚思凡，比城裏的學生要厲害許多。同樣，楚霸王不害病則沒得可説，一病便了不得。生活是種律動，需有光有影，有左有右，有晴有雨；滋味就含在這變而不猛的曲折裏。微微暗些，然後再明起來，則暗得有趣，而明乃更明；且至明過了度，忽然燒斷，如百燭電燈泡然。這個，照直了説，便是小病的作用。常患些小病是必要的。

　　所謂小病，是在兩種小藥的能力圈內，阿司匹靈與清瘟解毒丸是也。這兩種藥所不治的病，頂好快去請大夫，或者立下遺囑，備下棺材，也無所不可，咱們現在講的是自己能當大夫的「小」病。這種小病，平均每個半月犯一次就挺合適。一年四季，平均犯八次小病，大概不會再患什麼重病了。自然也有愛患完小病再患大病的人，那是個人的自由，不在話下。

　　咱們説的這類小病很有趣。健康是幸福；生活要趣味。所以應當講説一番：

小病可以增高個人的身份。不管一家大小是靠你吃飯，還是你白吃他們，日久天長，大家總對你冷淡。假若你是掙錢的，你愈盡責，人們愈挑眼，好像你是條黃狗，見誰都得連忙擺尾；一尾沒擺到，即使不便明言，也暗中唾你幾口。不大離的你必得病一回，必得！早晨起來，哎呀，頭疼！買清瘟解毒丸去，還有阿司匹靈嗎？不在乎要什麼，要的是這個聲勢，狗的地位提高了不知多少。連懂點事的孩子也要閉眼想想了——這棵樹可是倒不得呀！你在這時節可以發散發散狗的苦悶了，衛生的要術。你若是個白吃飯的，這個方法也一樣靈驗。特別是媽媽與老嫂子，一見你真需要阿司匹靈，她們會知道你沒得到你所應得的尊敬，必能設法安慰你：去聽聽戲，或帶着孩子們看電影去吧？她們誠意的向你商量，本來你的病是吃小藥餅或看電影都可以治好的，可是你的身份高多了呢。在朋友中，社會中，光景也與此略同。

　　此外，小病兩日而能自己治好，是種精神的勝利。人就是別投降給大夫。無論國醫西醫，一律招惹不得。頭疼而去找西醫，他因不能斷症——你的病本來不算什麼——一定囑告你住院，而後詳加檢驗，發現了你的小腳指頭不是好東西，非割去不可。十天之後，頭疼確是好了，可是足指剩了九個。國醫文明一些，不提小腳指頭這一層，而說你氣虛，一開便是二十味藥，他愈摸不清你的脈，愈多開藥，意在把病嚇跑。就是不找大夫。預防大病來臨，時時以小病發散之，而小病自己會治，這就等於「吃了蘿蔔喝熱茶，氣得大夫滿街爬！」

　　有宜注意者：不當害這種病時，別害。頭疼，大則失去一個王位，小則能惹出是非。設個小比方：長官約你陪客，你說頭疼不

去，其結果有不易消化者。怎樣利用小病，須在全部生活藝術中搜求出來。看清機會，而後一想像，乃由無病而有病，利莫大焉。

這個，從實際上看，社會上只有一部分人能享受，差不多是一種雅好的奢侈。可是，在一個理想國裏，人人應該有這個自由與享受。自然，在理想國內也許有更好的辦法；不過，什麼辦法也不及這個浪漫，這是小品病。

（選自《老舍幽默文集》，長沙：湖南人民出版社，1982 年）

相片

老舍

在今日的文化裏，相片的重要幾乎勝過了音樂、圖畫與雕刻等等。在一個摩登的家庭裏，沒有留聲機，沒有名人字畫，沒有石的或銅的刻像，似乎還可以下得去；設若沒幾張相片，或一二相片本子，簡直沒法活下去！不用說是一個家庭，就是鋪戶、旅館、火車站、學生宿舍，沒有相片就都不像一回事。電車上「謹防扒手」的下面要是沒有幾片四寸的半身照相，就一定顯著空洞。水手們身上要是不帶着幾張最寫實不過的妖精打架二寸藝術照相，恐怕海上的生活就要加倍難堪了。想想看，一個設備很完全的學校，而沒有年刊或同學錄，一個政府機關裏而沒有些張窄長的這個全體與那個周年的相片！至於報紙與雜誌，哼，就是把高爾基的相誤註為托爾斯泰的，也比空空如也強！投考、領護照、定婚、結婚、拜盟兄弟，哪一樣可以沒有相片？即使你天生來的反對照相，你也得去照；不然，你就連學校也不要入，連太太也不用娶，你乘早兒不用犯這個牛脖子——「請笑一點」，你笑就是了。兒童、婦女、國貨、航空，都有「年」。年，究竟是年，今年甲子，明年乙丑，過去就完事；至於照相，這個世紀整個的是「照相世紀」；想想，你逃得出去嗎？

還是先說家庭吧。比如你的屋中掛着名家的字畫，還有些古玩，雅是雅了，可是第一你就得防賊，門上加雙鎖，窗上加鐵柵，連這樣，夜間有個風聲草動，你還得咳嗽幾聲；設若是明火，進來十幾

位蒙面的好漢，大概你連咳嗽也不敢了。這何苦呢？相片就沒這種危險，誰也不會把你父親的相偷去當他的爸爸，這不是實話麼？

就滿打沒這個危險，藝術作品或古玩也遠不及相片的親切與雅俗共賞。一張名畫，在普通的人眼中還不如理髮館壁上所懸的「五福臨門」，而你的朋友親戚不見得沒有普通人。你誇獎你的名畫，他說看不上眼，豈不就得打吵子？相片人人能看得懂，而且就是照得不見佳也會有人誇好。比如令尊的相片加了漆金框懸在牆上，多麼笨的人也不會當着你的面兒說：「令尊這個相還不如五福臨門好看！」絕對不會。即使那個相真不好看，人家也得說：「老爺子福相，福相！」至不濟，也會誇獎句：「框子配得真好！」

以此類推，尊家自己，尊夫人，令郎令媛，都有相片，都能得到好評，這夠多麼快活呢？！況且相片遮醜，尊家面上的麻子，與尊夫人臉上的小沙漠似的雀斑，都不至於照上；你自己看着起勁，朋友們也不必會問：「照片上怎麼忘掉你的麻子？」站在一張圖畫前面，不管懂與否，誰都想批評批評，為表示自己高明，當着一個人，誰也不願對他的面貌發表意見；看相片也是如此。

有相片就有話說，不至於賓主對愣着。

「這是大少爺吧？」

「可不是！上美國讀書去了。」

「近來有信吧？」

打這兒，就由大少爺談到美國，又由美國談回來，碰巧了就二反投唐再談回美國去，話是愈說愈多，而且可以指點着相片而談，有詩為證：句句是真，交情乃厚。

最好是有一二相片本子。提到大少爺，馬上拿出本子來：

「這是他滿月時候照的，他生在福州，那時先嚴正在福州做官。」話又遠去了，足夠寫三四本書的。假若沒有這可寶貴的本子，你怎好意思突乎其來的說：先嚴在福州作過官？而使朋友嚇一跳，只當你的腦子有毛病。

遇上兩位話不投緣，而屢有衝突起來的危險的客人，相片本子——頂好是有兩本——真是無價之寶。一看兩位的眼神不對，你應當很自然的一人遞給一本。他們正在，比如說，為袁世凱是否偉人而要瞪眼的時候，你把大少爺生在福州，和二小姐已經定婚的照片翻開，指示給他們。他們一個看福州生的胖小子，一個看將要成為新娘子的二小姐，自然思想換了地方，一個問你一套話，而袁世凱或者不成為問題了。要不然，這個有很大的危險。假若你沒有相片本子，而二位抓住袁世凱不撒手，你要往折中裏一說，說二位各有各的理，他們一定都衝着你來了；寡不敵眾，你沒調停好，還弄一鼻子灰。你要是向着一邊說話，不用說，那就非得罪一邊不可，也許因此而飛起茶碗——在你家裏，茶碗自然是你的。你要是一聲不出，聽着他們吵，趕到彼此已說無可說而又不想打架的時候，他們就會都抱怨你不像個朋友。你若是不分青紅皂白而把客人一齊逐出去，那就更糟，他們也許在你的門口吵嚷一陣，而同聲的罵你不懂交情。總之，你非預備兩個本子不可！

趕到朋友多的時候，你只有一張嘴，無論如何也應酬不過來，相片本子可以替你招待客人。找那不愛說話的，和那頂愛說話的，把本子送過去；那位一聲不出的可以不至死板板的坐在那裏，那位包辦說話的也不好再轉着彎兒接四面八方的話。把這兩極端安

置好，你便可以從容對付那些中庸的客人了。這比茶點果子都更有效。愛說話的人，寧可犧牲了點心，也不放棄說話。至於茶，就更不擋事；愛說話的人會一勁兒的說，直等茶涼了，一口灌下去，趕緊接着再說。果子也不行，有人不喜歡吃涼的，讓到了他，他還許擺出些譜兒來：「一向不大動涼的，不過偶爾的吃一個半個的，假如有玫瑰香葡萄之類！」你聽，他是挖苦你沒預備好果子。相片本子既比茶點省錢，又不至被人拒絕，大概誰也不會說：「一向討厭看相片！」

相片裏有許多人生的姿體，打開一本照相，你可以有許多帶着感情的話。假若你現在的事由不如從前了，看看相片，你可以對友人說：「這是前十年的了，那時候還不像這麼狼狽！」這種牢騷是哀而不傷的，因為現在狼狽，並不能抹殺過去的光榮。回憶永是甜美的，對於兄弟兒女，都能起這種柔善的感情：「看，這是當年的老六，多麼體面，誰能想到他會……」你雖然依舊恨着老六，可是看着當年的照片，你到底想要原諒他。看着相片說些富有感情的話，你自己痛快，別人聽着也夠味兒。設若你會作詩的話，頂好在相片邊題上些小詩，就更見出人生的味道。

不過，有些相片是不好擺進本子去的，你應當留神。歪戴帽或弄鬼臉的，甚至於扮成十三妹的相片，都可以貼上，因為這足以表示你頗天真，雖然你在平日是個完全的君子人，可是心田活潑潑的，也能像孩子般的淘氣，這更見英雄的本色。至於背着尊夫人所接到的女友小照，似乎就不必公開的展覽。爽直是可貴的，可是也得有個分寸。這個，你自然曉得；不過，我更囑咐你一句：這類

的相片就是藏起來也得要十分的嚴密，太太們對這種玩藝是特別注意的。

（選自《老舍幽默文集》，長沙：湖南人民出版社，1982 年）

作客者言

豐子愷

　　有一位天性真率的青年，赴親友家作客，歸家的晚上，垂頭喪氣地跑進我的房間來，躺在藤床上，不動亦不語。看他的樣子很疲勞，好像做了一天苦工而歸來似的。我便和他問答：

　　「你今天去作客，喝醉了酒麼？」

　　「不，我不喝酒，一滴兒也不喝。」

　　「那麼為什麼這般頹喪？」

　　「因為受了主人的異常優禮的招待。」

　　我驚奇地笑道：「怪了！作客而受主人優待，應該舒服且高興，怎的反而這般頹喪？倒好像被打翻了似的。」

　　他苦笑地答道：「我寧願被打一頓，但願以後不再受這種優待。」

　　我知道他正在等候我去打開他的話匣子來。便放下筆，推開桌上的稿紙，把坐着的椅子轉個方向，正對着他。點起一枝煙來，津津有味地探問他：

　　「你受了怎樣異常優禮的招待？來！講點給我聽聽看！」

　　他抬起頭來看看我桌上的稿件，說：「你不是忙寫稿麼？我的話說來長呢！」

我説：「不，我準備一黃昏聽你談話。並且設法慰勞你今天受優待的辛苦呢。」

他笑了，從藤床上坐起身來，向茶盤裏端起一杯菊花茶來喝了一口，慢慢地、一五一十地把這一天赴親友家作客而受異常優禮的招待的經過情形描摹給我聽。

以下所記錄的便是他的話。

我走進一個幽暗的廳堂，四周闃然無人。我故意把腳步走響些，又咳嗽幾聲，裏面仍然沒有人出來，外面的廂房裏倒走進一個人來。這是一個工人，好像是管門的人。他兩眼釘住我，問我有什麼事。我説訪問某先生。他説「片子！」我是沒有名片的，回答他説：「我沒有帶名片，我姓某名某，某先生是知道我的，煩你去通報吧。」他向我上下打量了一會，説一聲「你等一等」，懷疑似地進去了。

我立着等了一會，望見主人緩步地從裏面的廊下走出來。走到望得見我的時候，他的緩步忽然改為趨步，拱起雙手，口中高呼「勞駕，勞駕！」一步緊一步地向我趕將過來，其勢急不可當，我幾乎被嚇退了。因為我想，假如他口中所喊的不是「勞駕，勞駕」而換了「捉牢，捉牢」，這光景定是疑心我是竊了他家廳上的宣德香爐而趕出來捉我去送公安局。幸而他趕到我身邊，並不捉牢我，只是連連地拱手，彎腰，幾乎要拜倒在地。我也只得模仿他拱手，彎腰，彎到幾乎拜倒在地，作為相當的答禮。

大家彎好了腰，主人袒開了左手，對着我説：「請坐，請坐！」他的袒開的左手所照着的，是一排八仙椅子。每兩隻椅子夾着一隻

茶几，好像城頭上的一排女牆。我選擇最外口的一隻椅子坐了。一則貪圖近便。二則他家廳上光線幽暗，除了這最外口的一隻椅子看得清楚以外，裏面的椅子都埋在黑暗中，看不清楚；我看見最外邊的椅子頗有些灰塵，恐怕裏面的椅子或有更多的灰塵與齷齪，將污損我的新製的淡青灰嗶嘰長衫的屁股部分，弄得好像被摩登破壞團射了鏹水一般。三則我是從外面來的客人，像老鼠鑽洞一般地闖進人家屋裏深暗的內部去坐，似乎不配。四則最外面的椅子的外邊，地上放着一隻痰盂，丟香煙頭時也是一種方便。我選定了這個好位置，便在主人的「請，請，請」聲中捷足先登地坐下了。但是主人表示反對，一定要我「請上坐」。請上坐者，就是要我坐到裏面的，或許有更多的灰塵與齷齪，而近旁沒有痰盂的椅子上去。我把屁股深深地埋進我所選定的椅子裏，表示不肯讓位。他便用力拖我的臂，一定要奪我的位置。我終於被他趕走了，而我所選定的位置就被他自己佔據了。

當此奪位置的時間，我們二人在廳上發出一片相罵似的聲音，演出一種打架似的舉動。我無暇察看我的新位置上有否灰塵或齷齪，且以客人的身份，也不好意思俯下頭去仔細察看椅子的乾淨與否。我不顧一切地坐下了。然而坐下之後，很不舒服。我疑心椅子板上有什麼東西，一動也不敢動。我想，這椅子至少同外面的椅子一樣地頗有些灰塵，我是拿我的新製的淡青灰嗶嘰長衫來給他揩抹了兩隻椅子。想少沾些齷齪，我只得使個勁兒，將屁股擺穩在椅子板上，絕不轉動摩擦。寧可費些氣力，扭轉腰來對主人談話。

正在談話的時候，我覺得屁股上冷冰冰起來。我臉上強裝笑容——因為這正是「應該」笑的時候——心裏卻在叫苦。我想用手

去摸摸看，但又逡巡不敢，恐怕再污了我的手。我作種種猜想，想像這是樑上掛下來的一隻蜘蛛，被我坐扁，內臟都流出來了。又想像這是一朵鼻涕，一朵帶血的痰。我渾身難過起來，不敢用手去摸。後來終於偷偷地伸手去摸了。指尖觸着冷冰冰的濕濕的一團，偷偷摸出來一看，色彩很複雜，有白的，有黑的，有淡黃的，有藍的，混在一起，好像五色的牙膏。我不辨這是何物，偷偷地丟在椅子旁邊的地上了。但心裏疑慮得很，料想我的新製的淡青灰嗶嘰長衫上一定染上一塊五色了。但主人並不覺察我的心事，他正在濫用各種的笑聲，把他近來的得意事件講給我聽。我記念着屁股底下的東西，心中想皺眉頭，然而不好意思用顰蹙之顏來聽他的得意事件，只得強顏作笑。我感到這種笑很費力。硬把嘴巴兩旁的筋肉吊起來，久後非常酸痛。須得乘個空隙用手將臉上的筋肉用力揉一揉，然後再裝笑臉聽他講。其實我沒有仔細聽他所講的話，因為我聽了很久，已能料知他的下文了。我只是順口答應着，而把眼睛偷看環境中，憑空地研究我屁股底下的究竟是什麼東西。我看見他家樑上築着燕巢，燕子飛進飛出，遺棄一朵糞在地上，其顏色正同我屁股底下的東西相似。我才知道，我新製的淡青灰嗶嘰長衫上已經沾染一朵燕子糞了。

外面走進來一群穿長衫的人。他們是主人的親友和鄰居。主人因為我是遠客，特地邀他們來陪我。大部分的人是我所未認識的，主人便立起身來為我介紹。他的左手臂伸直，好像一把刀。他用這把刀把新來的一群人一個一個地切開來，同時口中說着：

「這位是某某先生，這位是某某君……」等到他說完的時候，我已把各人的姓名統統忘卻了。因為當他介紹時，我只管在那裏看

他那把刀的切法,不曾用心聽着。我覺得很奇怪,為什麼介紹客人姓名時不用食指來點,必用刀一般的手來切?又覺得很妙,為什麼用食指來點似乎侮慢,而用刀一般的手來切似乎客氣得多?這也許有造形美術上的根據:五指並伸的手,樣子比單伸一根食指的手美麗、和平、而恭敬得多。這是合掌禮的一半。合掌是作個揖,這是作半個揖,當然客氣得多。反之,單伸一根食指的手,是指示路徑的牌子上或「小便在此」的牌子上所畫的手。若用以指客人,就像把客人當作小便所,侮慢太甚了!我當時忙着這樣的感想,又嘆佩我們的主人的禮貌,竟把他所告訴我的客人的姓名統統忘記了。但覺姓都是百家姓所載的,名字中有好幾個「生」字和「卿」字。

主人請許多客人圍住一張八仙桌坐定了。這回我不自選座位,一任主人發落,結果被派定坐在左邊,獨佔一面。桌上已放着四隻盆子,內中兩盆是糕餅,一盆是瓜子,一盆是櫻桃。

僕人送到一盤茶,主人立起身來,把盤內的茶一一端送客人。客人受茶時,有的立起身來,伸手遮住茶杯,口中連稱「得罪,得罪」。有的用中央三個指頭在桌子邊上敲擊:「答,答,答,答,」口中連稱「叩頭,叩頭」。其意彷彿是用手代表自己的身體,把桌子當作地面,而伏在那裏叩頭。我是第一個受茶的客人,我點一點頭,應了一聲。與別人的禮貌森嚴比較之下,自覺太過傲慢了。我感覺自己的態度頗不適合於這個環境,局促不安起來。第二次主人給我添茶的時候,我便略略改變態度,也伸手擋住茶杯。我以為這舉動可以表示兩種意思,一種是「夠了,夠了」的意思,還有一種是用此手作半個揖道謝的意思,所以可取。但不幸技巧拙劣,把手遮隔了主人的視線,在幽暗的廳堂裏,兩方大家不易看見杯中

的茶。他只管把茶注下來，直到泛濫在桌子上，滴到我的新製的淡青灰嗶嘰長衫上，我方才覺察，動手攔阻。於是找抹桌布，揩拭衣服，弄得手忙腳亂。主人特別關念我的衣服，表示十分抱歉的樣子，要親自給我揩拭。我心中很懊惱，但臉上只得強裝笑容，連說「不要緊，沒有什麼」；其實是「有什麼」的！我的新製的淡青灰嗶嘰長衫上又染上了芭蕉扇大的一塊茶漬！

主人以這事件為前車，以後添茶時逢到伸手遮住茶杯的客人，便用開誠佈公似的語調說：「不要客氣，大家老實來得好！」客人都會意，便改用指頭敲擊桌子：「答，答，答，答。」這辦法的確較好，除了不妨礙視線的好處外，又是有聲有色，鄭重得多。況且手的樣子活像一個小型的人：中指像頭，食指和無名指像手，大指和小指像足，手掌像身軀，口稱「叩頭」而用中指「答，答，答，答」地敲擊起來，儼然是「五體投地」而「搗蒜」一般叩頭的模樣。

主人分送香煙，座中吸煙的人，連主人共有五六人，我也在內。主人劃一根自來火，先給我的香煙點火。自來火在我眼前燒得正猛，匆促之間我真想不出謙讓的方法來，便應了一聲，把香煙湊上去點着了。主人忙把已經燒了三分之一的自來火給坐在我右面的客人的香煙點火。這客人正在咬瓜子，便伸手推主人的臂，口裏連叫「自來，自來」。「自來」者，並非「自來火」的略語，是表示謙讓，請主人「自」己先「來」（就是點香煙）的意思。主人堅不肯「自來」，口中連喊「請，請，請，」定要隔着一張八仙桌，拿着已剩二分之一弱的火柴桿來給這客人點香煙。我坐在兩人中間，眼看那根不知趣的火柴桿愈燒愈短，而兩人的交涉盡不解決，心中替他們異常着急。主人又似乎不大懂得燃燒的物理，一味把火頭向

下，因此火柴桿燒得很快。幸而那客人不久就表示屈服，丟去正咬的瓜子，手忙腳亂地向茶杯旁邊撿起他那枝香煙，站起來，彎下身子，就火上去吸。這時候主人手中的火柴桿只剩三分之一弱，火頭離開他的指爪只有一粒瓜子的地位了。

出乎我意外的，是主人還要撮着這一粒火柴桿，去給第三個客人點香煙，第三個客人似乎也沒有防到這一點，不曾預先取煙在手。他看見主人有「燃指之急」，特地不取香煙，搖手喊道：「我自來，我自來。」主人依然強硬，不肯讓他自來。這第三個客人的香煙的點火，終於像救火一般惶急萬狀地成就了。他在匆忙之中帶翻了一隻茶杯，幸而杯中盛茶不多，不曾作再度的泛濫。我屏息靜觀，幾乎發呆了，到這時候才抽一口氣。

主人把拿自來火的手指用力地搓了幾搓，再劃起一根自來火來，為第四個客人的香煙點火。在這事件中，我顧憐主人的手指燙痛，又同情於客人的舉動的倉皇。覺得這種主客真難做：吸煙，原是一件悠閒暢適的事；但在這裏變成救火一般惶急萬狀了。

這一天，我和別的幾位客人在主人家裏吃一餐飯，據我統計，席上一共鬧了三回事：第一次鬧事，是為了爭座位。所爭的是朝裏的位置。這位置的確最好：別的三面都是兩人坐一面的，朝裏可以獨坐一面；別的位置都很幽暗，朝裏的位置最亮。且在我更有可取之點，我患着羞明的眼疾，不耐對着光源久坐，最喜歡背光而坐。我最初看中這好位置，曾經一度佔據；但主人立刻將我一把拖開，拖到左邊的裏面的位置上，硬把我的身體裝進在椅子裏去。這位置最黑暗，又很狹窄，但我只得忍受。因為我知道這坐位叫做「東北角」，是最大的客位；而今天我是遠客，別的客人都是主人請來陪

我的。主人把我驅逐到「東北」之後，又和別的客人大鬧一場：坐下去，拖起來；裝進去，逃出來；約莫鬧了五分鐘，方才坐定。「請，請，請，」大家「請酒」，「用菜」。

第二次鬧事，是為了灌酒。主人好像是開着義務釀造廠的，多多益善地勸客人飲酒。他有時用強迫的手段，有時用欺詐的手段。客人中有的把酒杯藏到桌子底下，有的拿了酒杯逃開去。結果有一人被他灌醉，伏在痰盂上嘔吐了。主人一面照料他，一面勸別人再飲。好像已經「做脱」了一人，希望再麻翻幾個似的。我幸而以不喝酒著名，當時以茶代酒，沒有捲入這風潮的漩渦中，沒有被麻翻的恐慌。但久作壁上觀，也覺得厭倦了，便首先要求吃飯。後來別的客人也都吃飯了。

第三次鬧事，便是為了吃飯問題。但這與現今世間到處鬧着的吃飯問題性質完全相反。這是一方強迫對方吃飯，而對方不肯吃。起初兩方各提出理由來互相辯論；後來是奪飯碗——一方硬要給他添飯，對方決不肯再添；或者一方硬要他吃一滿碗，對方定要減少半碗。粒粒皆辛苦的珍珠一般的白米，在這社會裏全然失卻其價值，幾乎變成狗子也不要吃的東西了。我沒有吃酒，肚子餓着，照常吃兩碗半飯。在這裏可說是最肯負責吃飯的人，沒有受主人責備。因此我對於他們的爭執，依舊可作壁上觀。我覺得這爭執狀態真是珍奇；尤其是在到處鬧着沒飯吃的中國社會裏，映成強烈的對比。可惜這種狀態的出現，只限於我們這主人的客廳上，又只限於這一餐的時間。若得因今天的提倡與勵行而普遍於全人類，永遠地流行，我們這主人定將在世界到處的城市被設立生祠，死後還要在世界到處的城市中被設立銅像呢。我又因此想起了以前在你這裏看

見過的日本人描寫烏托邦的幾幅漫畫：在那漫畫的世界裏，金銀和鈔票是過多而沒有人要的，到處被棄擲在垃圾桶裏，清道夫滿滿地裝了一車子鈔票，推到海邊去燒毀。半路裏還有人開了後門，捧出一畚箕金鎊來，硬要倒進他的垃圾車中去，卻被清道夫拒絕了。馬路邊的水門汀上站着的乞丐，都提着一大筐子的鈔票，在那裏哀求苦告地分送給行人，行人個個遠而避之。我看今天座上為拒絕吃飯而起爭執的主人和客人們，足有列入那種漫畫人物中的資格。請他們僑居到烏托邦去，再好沒有了。

　　我負責地吃了兩碗半白米飯，雖然沒有受主人責備，但把胃吃壞，積滯了。因為我是席上第一個吃飯的人，主人命一僕人站在我身旁，伺候添飯。這僕人大概受過主人的訓練，伺候異常忠實：當我吃到半碗飯的時候，他就開始鞠躬如也地立在我近旁，監督我的一舉一動，注視我的飯碗，靜候我的吃完。等到我吃剩三分之一的時候，他站立更近，督視更嚴，他的手躍躍欲試地想來奪我的飯碗。在這樣的監督之下，我吃飯不得不快。吃到還剩兩三口的時候，他的手早已搭在我的飯碗邊上，我只得兩三口並作一口地吞食了，讓他把飯碗奪去。這樣急急忙忙地裝進了兩碗半白米飯，我的胃就積滯，隱隱地作痛，連茶也喝不下去。但又説不出來。忍痛坐了一會，又勉強裝了幾次笑顏，才得告辭。我坐船回到家中，已是上燈時分，胃的積滯還沒有消，吃不進夜飯。跑到藥房裏去買些蘇打片來代夜飯吃了，便倒身在床上。直到黃昏，胃裏稍覺鬆動些，就勉強起身，跑到你這裏來抽一口氣。但是我的身體、四肢還是很疲勞，連臉上的筋肉，也因為裝了一天的笑，酸痛得很呢。我但願以後不再受人這種優禮的招待！

他說罷，又躺在藤床上了。我把香煙和火柴送到他手裏，對他說：「好，待我把你所講的一番話記錄出來。倘能賣得稿費，去買許多餅乾、牛奶、巧格力和枇杷來給你開慰勞會吧。」

一九三四年五月旅中

（選自《緣緣堂隨筆集》，杭州：浙江文藝出版社，1983年）

勸菜
甕牖剩墨之十二

王 力

中國有一件事最足以表示合作精神的，就是吃飯。十個或十二個人共一盤菜，共一碗湯。酒席上講究同時起筷子，同時把菜夾到嘴裏去，只差不曾嚼出同一的節奏來。相傳有一個笑話。一個外國人問一個中國人說：「聽說你們中國有二十四個人共吃一桌酒席的事，是真的嗎？」那中國人說：「是真的。」那外國人說：「菜太遠了，筷子怎麼夾得着呢？」那中國人說：「我們有一種三尺來長的筷子。」那外國人說：「用那三尺來長的筷子，夾得着是不成問題了，怎麼彎得轉來把菜送到嘴裏去呢？」那中國人說：「我們是互相幫忙，你夾給我吃，我夾給你吃的啊！」

中國人的吃飯，除了表示合作的精神之外，還合於經濟的原則。西洋每人一盤菜，吃剩下來就是暴殄天物；咱們中國人，十人一盤菜，你不愛吃的卻正是我所喜歡的，互相調劑，各得其所。因此，中國人的酒席，往往沒有剩菜；即使有剩，它的總量也不像西餐剩菜那樣多，假使中西酒席的菜本來相等的話。

有了這兩個優點，中國人應該躊躇滿志，覺得聖人制禮作樂，關於吃這一層總算是想得盡善盡美的了。然而咱們的先哲猶嫌未足，以為食而不讓，則近於禽獸，於是提倡食中有讓。其初是消極的讓，就是讓人先夾菜，讓人多吃好東西；後來又加上積極的讓，就是把好東西夾到了別人的碟子裏，飯碗裏，甚至於嘴裏。其實

積極的讓也是由消極的讓生出來的：遇着一樣好東西，我不吃或少吃，為的是讓你多吃；同時，我以君子之心度君子之腹，知道你一定也不肯多吃，為的是要讓我。在這僵局相持之下，為了使我的讓德戰勝你的讓德起見，我就非和你爭不可！於是勸菜這件事也就成為「鄉飲酒禮」[1]中的一個重要項目了。

　　勸菜的風俗處處皆有，但是素來著名的禮讓之鄉如江浙一帶尤為盛行。男人勸得馬虎些，夾了菜放在你的碟子裏就算了；婦女界最為殷勤，非把菜送到你的飯碗裏去不可。照例是主人勸客人；但是，主人勸開了頭之後，凡自認為主人的至親好友，都可以代主人來勸客。有時候，一塊「好菜」被十雙筷子傳觀，周遊列國之後，卻又物歸原主！假使你是一位新姑爺，情形又不同了。你始終成為眾矢之的，全桌的人都把「好菜」堆到你的飯碗裏來，堆得滿滿的，使你鼻子碰着鮑魚，眼睛碰着雞丁，嘴唇上全糊着肉汁，簡直吃不着一口白飯。我常常這樣想，為什麼不開始就設計這樣一碗「十錦飯」，專為上賓貴客預備的，倒反要大家臨時大忙一陣呢？

　　勸菜固然是美德，但是其中還有一個嗜好是否相同的問題。孟子說：「口之於味，有同嗜也。」我覺得他老人家這句話有多少語病，至少還應該加上一段「但書」[2]。我還是比較地喜歡法國的一句諺語：「唯味與色無可爭。」意思是說，食物的味道和衣服的顏色都是隨人喜歡，沒有一定的美惡標準的。這樣說來，主人所喜歡的「好菜」，未必是客人所認為好吃的菜。看饌的原料和烹飪的方法，在各人的見解上（尤其是籍貫不相同的人），很容易生出大不相同

1.《儀禮》的一篇。
2. 法律條文中，在本文之後說明有例外叫「但書」。這裏指例外。

的估價。有時候，把客人所不愛吃的東西硬塞給他吃，與其說是有禮貌，不如說是令人難堪。十年前，我曾經有一次作客，飯碗被魚蝦雞鴨堆滿了之後，我突然把筷子一放，宣佈吃飽了。直等到主人勸了又勸，我才說：「那麼請你們給我換一碗白飯來！」現在回想，覺得當時未免少年氣盛；然而直到如今，假使我再遇同樣的情形，一時急起來，也難保不用同樣方法來對付呢！

中國人之所以和氣一團，也許是津液交流的關係。儘管有人主張分食，同時也有人故意使它和到不能再和。譬如新上來的一碗湯，主人喜歡用自己的調羹去把裏面的東西先攪一攪勻；新上來的一盤菜，主人也喜歡用自己的筷子去拌一拌。至於勸菜，就更顧不了許多，一件山珍海錯，周遊列國之後，上面就有了五七個人的津液。將來科學更加昌明，也許有一種顯微鏡，讓咱們看見酒席上病菌由津液傳播的詳細狀況。現在只就我的肉眼所能看見的情形來說。我未坐席就留心觀察，主人是一個津液豐富的人。他說話除了噴出若干吐沫之外，上齒和下齒之間常有津液像蜘蛛網般彌縫着。入席以後，主人的一雙筷子就在這蜘蛛網裏衝進衝出，後來他勸我吃菜，也就拿他那一雙曾在這蜘蛛網裏衝進衝出的筷子，夾了菜，恭恭敬敬地送到我的碟子裏。我幾乎不信任我的舌頭！同時一盤炒山雞片，為什麼剛才我自己夾了來是好吃的，現在主人恭恭敬敬地夾了來勸我卻是不好吃的呢？我辜負了主人的盛意了。我承認我這種脾氣根本就不適宜在中國社會裏交際。然而我並不因此就否定勸菜是一種美德。「有殺身以成仁」，犧牲一點兒衛生戒條來成全一種美德，還不是應該的嗎？

（選自《龍蟲並雕齋瑣語》，北京：中國社會科學出版社，1982 年）

忙
龍蟲並雕齋瑣語之七

王 力

　　「自嗟名利客，擾擾在人間；何事長淮水，東流亦不閒？」可見是人就非忙不可。不過忙的程度有深淺，而忙的種類也各有不同。打麻將打到天亮，也是忙之一種。現在我只想提出三種忙來說：第一是戀愛忙，第二是事業忙，第三是應酬忙。

　　青年時代除了讀書之外，就是戀愛忙了。有許多青年，讀書可以不忙，戀愛卻不能不忙。為了戀愛，可以「發憤忘食」；為了戀愛，可以「三月不知肉味」；為了戀愛可以「下帷」，「目不窺園」；為了戀愛可以「下筆不能自休」，「燭盡見跋」。至於戴月披星，櫛風沐雨，為了爸爸媽媽所不肯忙之事，為了密斯則甘心忙了又忙，多多益善。戀愛的青年有閒中之忙，有忙中之閒。所謂閒中之忙，是因為遊山玩水，步月賞花成為一種功課，一種手段，你閒也要你閒，你不閒也要你閒。這樣的情形，我們可以叫做「忙於裝閒」。所謂忙中之閒，卻是因為火車站上立移時，芳蹤竟杳；會客室中坐落日，香輦未歸。此時大可倚杖看雲，憑窗讀畫，然而熱鍋上的螞蟻卻沒有閒心思去欣賞大自然和藝術。這樣的情形，我們可以叫做「欲忙不得」。

　　到了中年，戀愛時代已過，卻又該為事業而忙了。戀愛的忙，雖忙不苦；事業的忙，有時候既忙且苦。當然，以一身繫天下安危

的人，多忙一分，則民眾多受一分的德澤；就是為自己而忙，只要忙得有意思，忙得有新花樣，忙得順利，也就高興去忙。不過，世界上高興忙的人實在太少了，苦忙的人也實在太多了。國文教員每晚抱着一大堆作文本子，嘔盡心血去改正那些斷頭削足，冠履倒置的字，前言不搭後語，真真豈有此理的文；理髮匠的剪刀簌簌，以單調的節奏，在千百人的頭上兜圈子；開電車的每天依着一定的軌道，手搖腳踏，簡直是一個活機器；銀行裏數鈔票的整日價看那青蚨飛來飛去，並沒有飛進自己的荷包。在外國，更有不少工人，一輩子只為某一種機器的某一部分的某一個針專做一個針孔。諸如此類，他們未必都覺得忙得有趣，只是為吃飯而忙。「成人不自在，自在不成人」，這也不過是忙人聊以自慰的話而已。

事業忙，對於愛情也大有影響。「無端嫁得金龜婿，辜負香衾事早朝」，這是不滿意那忙於做官的丈夫的話；「嫁得瞿塘賈，朝朝誤妾期」，這是不滿意那忙於做買賣的丈夫的話。博多里煦在他的劇本《戀愛的婦人》裏，描寫一位實業家的太太，因為丈夫忙於經營實業，沒有閒工夫和她親熱，她也就另戀別人。武大郎忙於賣燒餅，潘金蓮才更容易到西門慶的手裏，因為西門慶完全合於王婆所提出的五個條件，其中的一個條件就是「閒」。寄語世間的忙丈夫們，無論如何總該忙裏偷閒，陪着太太多逛兩次西山，多看幾場電影！

一個人到三十五歲以後，非但事業忙，而且應酬也忙。也不一定是大富大貴，只要你有相當的地位，尤其是獨當一面的事，就會有許多無謂的應酬。有些人就借這種無謂的應酬來擺闊，例如宴會遲到或早退，表示剛從另一宴會出來，或另有一個宴會在等候着

他。聽説有一種人根本就沒有這許多宴會，不過因為要擺闊，在宴會吃個半飽就走，回到家裏再陪着黃臉婆吃辣子和臭豆腐乾。但是，真正應酬忙的人也實在不少；每天恨不得打兩針嗎啡來應付那些生張八和熟魏三！如果每一個人進門就是一聲「無事不登三寶殿」，倒也罷了；所苦的是他們的廢話一大堆，説了半個鐘頭還不會入題！捐款和謀事的人最會兜圈子。從天氣説到國際局勢，從國際局勢説到物價，從物價説到某商店價值二十五萬元的一件女大衣被一個鄉下女人買去了，某地方有一個洋車夫被乘客搶得精光。説得起勁的時候，也沒有注意到主人屢次看錶，也沒有注意到另有幾起客人在外廳等着。其實多兜圈子也不見得能多捐些錢或找着更好的事，何苦令主人忙上加忙？最滑稽的是既非捐款，又非謀事，經過半天的信口開河之後，主人忍不住了，問他的來意是什麼，原來是久仰大名，特來「致敬」的！天哪！「致敬」何不來一個快郵代電，讓主人一目十行之後就送進字紙簍裏去？又何不遵照古禮，納贄而後進門？總之，一個人到了社會所知之後，似乎他的時間就應該被社會所糟蹋。這一種忙，忙得最苦，既不為食，又不為色，只為的是怕得罪人。我們家鄉有一句俗話説：「三十又憂名不出，四十又憂名不收。」古人入山唯恐不深，就是「收名」之一道；如果你「自嗟名利客，擾擾在人間」，隨便怎樣苦忙，也只算是自作自受了。

（選自《龍蟲並雕齋瑣語》，北京：中國社會科學出版社，1982 年）

說話
龍蟲並雕齋瑣語之四

王 力

　　說話是最容易的事，也是最難的事，最容易，因為三歲孩子也會說話；最難，因為擅長辭令的外交家也有說錯話的時候。

　　會說話的人不止一種：言之有物，實為心聲，一聲一欬，俱帶感情，這是第一種；長江大河，源遠莫尋，牛溲馬勃，悉成黃金，這是第二種；科學邏輯，字字推敲，無懈可擊，井井有條，這是第三種；嘻笑怒罵，旁若無人，莊諧雜出，四座皆春，這是第四種；默然端坐，以逸待勞，片言偶發，快如霜刀，這是第五種；期期艾艾，隱蘊詞鋒，似訥實辯，以守為攻，這是第六種。這些人的派別雖不相同，實有異曲同工之妙。普通喜歡用「口若懸河」四個字來形容會說話的人，其實這是很不恰當的形容語。潑婦罵街往往口若懸河，走江湖賣膏藥的人，更能口若懸河，然而我們並不承認他們會說話，因為我們把這「會」字的標準定得和一般人所定的不同的緣故。

　　應酬的話另有一套，有人專門擅長此術。捧人捧得有分寸，罵人罵得很含蓄，自誇誇得很像自謙，這些技巧都是可以意會，而不可以言傳的。儘管有人討厭「油嘴」的人，但是實際上有幾個人能不上油嘴的當？和油嘴相反的是說話不知進退，不識眉眼高低。想要自抬身份，不知不覺地把別人的身份壓低；想要恭維別人，不知

不覺地使用了些得罪人的語句。這種人的毛病在於冒充會說話，終於吃了說話的虧。我有一次聽見某先生恭維一位新娘子說：「人家都說新娘子長得難看，我覺得並不難看。」這種人應該研究十年心理學，再來開口恭維人！

有些人太不愛說話了，大約因為怕說錯了話，有時候又因為專揀有用的話來說。其實這種人雖是慎言，也未必得計。愈不說話，就愈不會說，於是在寥寥幾句話當中，錯誤的地方未必比別人高談闊論裏的錯誤少些。至於專揀有用的話來說，這也是錯誤的見解。會說話的人，其妙處正在於化無用為有用，利用一些閒話去達到他的企圖。會着棋的人沒有閒着，會說話的人也沒有閒話。

有些人卻又太愛說話了，非但自己要多說，而且不許別人多說。這樣，就變成了搶說。喜歡搶說的人常常叫人家讓他說完，其實看他那滔滔不絕的樣子，若等他說完真是待河之清！這種人似乎把說話看做一種很大的權利，硬要壟斷一切，不肯讓人家利益均沾。偶然遇着對話的人也喜歡搶說，就弄成了僵局。結果是誰也不讓誰，大家都只管說，不肯聽，於是說話的意義完全喪失了。

打岔和兜圈子都是說話的藝術。打岔子往往是變相的不理或拒絕。「王顧左右而言他」，梁惠王就這樣地給孟子碰過一回釘子。兜圈子往往是使言語變為委婉，但有時候也可以兜圈子罵人。兜圈子罵人就是「挖苦」人；說挖苦話的人自以為絕頂聰明，事後還喜歡和別人說起，表示自己的說話藝術。但是，喜歡「挖苦」的人畢竟近於小人，因為既不大方，又不痛快。

說話的另一藝術是捉把柄。人家說過了什麼話，就跟着他那話來做自己的論據。這叫做「以子之矛，刺子之盾」，往往能使對方閉口無言。不過，如果斷章取義，或故意曲解，也就變為無聊了。

上面所説的打岔，兜圈子和捉把柄，相罵的時候都用得着。打岔是躲避，兜圈子是擺陣，捉把柄是還擊。可惜的是：相罵的人大多數是怒氣沖沖，不甘心打岔，不耐煩兜圈子，忘了捉把柄。由此看來，罵人決勝的條件是保持冷靜的頭腦。潑婦和人相罵往往得勝，並不一定因為她特別會説話，只因她把相罵當做一種娛樂，故能「好整以暇」，不至於被怒氣減低了她平日説話的技能。

　　説話比寫文章容易，因為不必查字典，不必擔心寫白字；同時，説話又比寫文章難，因為沒有精細考慮和推敲的餘暇。基於這後一個理由，像我這麼一個極端不會説話的人，居然也寫起一篇「説話」來了。

（選自《龍蟲並雕齋瑣語》，北京：中國社會科學出版社，1982 年）

客

梁實秋

「只有上帝和野獸才喜歡孤獨。」上帝吾不得而知之，至於野獸，則據說成群結黨者多，真正孤獨者少。我們凡人，如果身心健全，大概沒有不好客的。以歡喜幽獨著名的 Thoreau 他在樹林裏也給來客安排得舒舒貼貼。我常幻想着「風雨故人來」的境界，在風颯颯雨霏霏的時候，心情枯寂百無聊賴，忽然有客款扉，把握言歡，莫逆於心，來客不必如何風雅，但至少第一不談物價升降，第二不談宦海浮沉，第三不勸我保險，第四不勸我信教，乘興而來，興盡即返，這真是人生一樂。但是我們為客所苦的時候也頗不少。

很少的人家有門房，更少的人家有拒人千里之外的閽者，門禁既不森嚴，來客當然無阻，所以私人居處，等於日夜開放。有時主人方在廁上，客人已經升堂入室，迴避不及，應接無術，主人鞠躬如也，客人呆若木雞。有時主人方在用飯，而高軒貴止，便不能不效周公之「一飯三吐哺」，但是來客並無歸心，只好等送客出門之後再補充些殘羹剩飯，有時主人已經就枕，而不能不倒屣相迎。一天二十四小時之內，不知客人何時入侵，主動在客，防不勝防。

在西洋所謂客者是很稀罕的東西。因為他們辦公有辦公的地點，娛樂有娛樂的場所，住家專做住家之用。我們的風俗稍為不同一些。辦公打牌吃茶聊天都可以在人家的客廳裏隨時舉行的。主人既不能在座位上遍置針氈，客人便常有如歸之樂。從前官場習慣，

有所謂端茶送客之說，主人覺得客人應該告退的時候，便舉起蓋碗請茶，那時節一位訓練有素的豪僕在旁一眼瞥見，便大叫一聲「送客！」另有人把門簾高高打起，客人除了告辭之外，別無他法。可惜這種經濟時間的良好習俗，今已不復存在，而且這種辦法也只限於官場，如果我在我的小小客廳之內端起茶碗，由荊妻稚子在旁嗄然一聲「送客」，我想客人會要疑心我一家都發瘋了。

客人久坐不去，驅禳至為不易。如果你枯坐不語，他也許發表長篇獨白，像個垃圾口袋一樣，一碰就泄出一大堆，也許一根一根的紙煙不斷的吸着，靜聽掛鐘滴答滴答的響。如果你暗示你有事要走，他也許表示願意陪你一道走。如果你問他有無其他的事情見教，他也許乾脆告訴你來此只為閒聊天。如果你表示正在為了什麼事情忙，他會勸你多休息一下。如果你一遍一遍的給他斟茶，他也許就一碗一碗的喝下去而連聲說「主人別客氣」。鄉間迷信，惡客盤踞不去時，家人可在門後置一掃帚，用針頻頻刺之，客人便會覺得有刺股之痛，坐立不安而去。此法有人曾經實驗，據云無效。

「茶，泡茶，泡好茶；坐，請坐，請上座。」出家人猶如此勢利，在家人更可想而知。但是為了常遭客災的主人設想，茶與座二者常常因客而異，蓋亦有說。凡好牛飲之客，自不便奉以「水仙」「雲霧」，而精研茶經之士，又斷不肯嘗試那「高末」，「茶磚」。茶滷加開水，渾渾滿滿一大盅，上面泛着白沫如啤酒，或漂着油彩如汽油，這固然令人噁心，但是如果名茶一盞，而客人並不欣賞，輕呷一口，盅緣上並不留下芬芳，留之無用，棄之可惜，這也是非常討厭之事。所以客人常被分為若干流品，有能啟用平凡主人自己捨不得飲用的好茶者，有能享受主人自己日常享受的中上茶者，

有能大量取用茶滷衝開水者，饗以「玻璃」者是為未入流。至於座處，自以直入主人的書房繡閣者為上賓，因為屋內零星物件必定甚多，而主人略無防閒之意，於親密之中尚含有若干敬意，作客至此，毫無遺憾；次焉者廊前簷下隨處接見，所謂班荊道故，了無痕跡；最下者則肅入客廳，屋內只有桌椅板凳，別無長物，主人着長袍而出，寒暄就座，主客均客氣之至。在廚房後門佇立而談者是為未入流。我想此種差別待遇，是無可如何之事，我不相信孟嘗門客三千而待遇平等。

人是永遠不知足的。無客時嫌岑寂，有客時嫌煩囂，客走後掃地抹桌又另有一番冷落空虛之感，問題的癥結全在於客的素質，如果素質好，則未來時想他來，既來了想他不走，既走想他再來；如果素質不好，未來時怕他來，既來了怕他不走，既走怕他再來。雖說物以類聚，但不速之客甚難預防。「夜半待客客不至，閒敲棋子落燈花」，那種境界我覺得最足令人低徊。

（選自《雅舍小品》，香港：碧輝圖書公司，1936）

握手

梁實秋

　　握手之事，古已有之，《後漢書》「馬援與公孫述少同里閭相善，以為既至常握手，如平生歡。」但是現下通行的握手，並非古禮，既無明文規定，亦無此種習俗。大概還是剃了小辮以後的事，我們不能說馬援和公孫述握過手便認為是過去有此禮節的明證。

　　西裝革履我們都可以忍受，簡便易行而且惠而不費的握手我們當然無須反對。不過有幾種人，若和他握手，會感覺痛苦。

　　第一是做大官或自以為做大官者，那隻手不好握。他常常挺着胸膛，伸出一隻巨靈之掌，兩眼望青天，等你趨上去握的時候，他的手仍是直僵的伸着，他並不握，他等着你來握。你事前不知道他是如此愛惜氣力，所以不免要熱心的迎上去握，結果是孤掌難鳴，冷洚洚的討一場沒趣。而且你還要及早罷手，趕快撒手，因為這時候他的身體已轉向另一個人去，他預備把那巨靈之掌給另一個人去握——不是握，是摸。對付這樣的人只有一個辦法，便是，你也伸出一隻巨靈之掌，你也別握，和他作「打花巴掌」狀，看誰先握誰！

　　另一種人過猶不及。他握着你的四根手指，惡狠狠的一擠，使你痛徹肺腑，如果沒有寒暄笑語偕以俱來，你會誤以為他是要和你角力。此種人通常有耐久力，你入了他的掌握，休想逃脫出來。如果你和他很有交情，久別重逢，情不自禁，你的關節雖然痛些，我

相信你會原諒他的。不過通常握手用力最大者，往往交情最淺。他是要在向你使壓力的時候使你發生一種錯覺，以為此人遇我特善。其實他是握了誰的手都是一樣賣力的，如果此人曾在某機關做過幹事之類，必能一面握手，一面在你的肩頭重重的拍一下子，「哈嘍，哈嘍，怎樣好？」

單就握手時的觸覺而論，大概愉快時也就不多。春筍般的纖纖玉指，世上本來少有，更難得一握，我們常握的倒是些冬筍或筍乾之類，雖然上面更常有蔻丹的點綴，乾倒還不如熊掌。迭更斯的《大衛高拍菲爾》裏的烏利亞，他的手也是令人不能忘的，永遠是濕津津的，冷冰冰的，握上去像像是五條鱔魚。手髒一點無妨，因為握前無暇檢驗，唯獨帶液體的手不好握，因為事後不便即揩，事前更不便先給他揩。

「有一樁事，男人站着做，女人坐着做，狗翹起一條腳兒做。」這樁事是——是握手。和狗行握手禮，我尚無經驗，不知狗爪是肥是瘦，亦不知狗爪是鬆是緊，姑置不論。男女握手之法不同。女人握手無需起身，亦無需脫手套，殊失平等之旨，尚未聞婦女運動者倡議糾正。在外國，女人伸出手來，男人照例只握手尖，約一英寸至二英寸，稍握即罷，這一點在我們中國好像禁忌少些，時間空間的限制都不甚嚴。

朋友相見，握手言歡，本是很自然的事，有甚於握手者，亦未曾不可，只要雙方同意，與人無涉。唯獨大庭廣眾之下，賓客環坐，握乎勢必普遍舉行，面目可憎者，語言無味者，想飽以老拳尚不足以泄忿者，都要一一親炙，皮肉相接，在這種情形之下握手，我覺得是一種刑罰。

《哈姆雷特》中波婁尼阿斯誡其子曰：「不要為了應酬每一個新交而磨粗了你的手掌。」我們是要愛惜我們的手掌。

（選自《雅舍小集》，香港：碧輝圖書公司，1936）

冬至之晨殺人記

　　孔子曰上士殺人用筆端，中士殺人用語言，下士殺人用石盤。可見殺人的方法很多。我剛會一位客，因為他談鋒太健了，就用兩句半話把他殺死。雖然死不死由他，但殺不殺卻由我，總盡我中士之義務了。

　　事情是這樣的。我雖不信耶穌，卻守聖誕，即俗所謂外國冬至。幾日來因為聖誕節到，加倍鬧忙，多買不應買的雜物，多與小孩打滾，而且在這節期中似乎覺得義應特別躲懶，所以《中國評論報》「小評論」的稿始終未寫。取稿的人卻於二十分鐘內要來了。本來我辦事很有系統，此時卻想給他不系統一下。我想一個人終年規規矩矩做事，到這節期撒一爛污，也沒什麼。就使《中國評論報》不能按期出版，中國也不致就此滅亡吧？所以我正坐在一洋鐵爐邊，夢想有壁爐觀火的快樂，暫把胸中掛慮，一齊付之夢中爐火，化歸烏有，飛上青天。只因素來安分成性，所以雖然坐着做夢，卻時時向那架打字機丟眼色。結果，我明曉大義，躲懶之心被克復了，我下決心，正在準備工作。

　　正在這趕稿之時，知道有文章要寫，卻不知如何下筆，忽然門外鈴響。看了片子，是個陌生客。這倒叫我為難，因為如果是熟客，我可以恭祝他聖誕一下，再請他滾蛋。不過來客情形又似十分

重要。所以我叫聽差先告訴來人，我此刻甚忙，不過如有要事，不妨進來坐談幾分鐘。他說事情非常緊要。由是進來了。

這位先生，穿的很整齊，舉止也很風雅。其實看他聚珍版仿宋的名片，也就知道他是個學界中人。他的顴額很高，很像一位文人學者，但是嘴巴尖小，而且眼睛瀏細，看來不甚叫人喜歡。他手裏拿着一個紙包。我已經對他不懷好意了。

於是我們開始寒暄。某君是久仰我的「大名」而且也曾拜讀過我的「大作」。

「淺薄的很。先生不要見笑。」我照例恭恭敬敬的回答。但是這句話剛出口，我登時就覺不妙。我得了一種感覺，我們還得互相回敬十五分鐘，大繞大彎，才有言歸正傳的希望。到底不知他有什麼公幹。

老實說，我會客的經驗十分豐富。大概來客愈知書識禮，互相回敬的寒暄語及大繞大彎的話頭愈多。誰也知道，見生客是不好冒冒昧昧，像洋鬼子「此來為某事」直截了當開題，因為這樣開題，便不風雅了。凡讀書人初次相會，必有讀書人的身份，把做八股的工夫，或是桐城起承轉伏的義法拿出來。這樣談話起來，叫做話裏有文章，文章不但應有風格，而且應有結構。大概可分為四段。不過談話並不像文章的做法，下筆便破題而承題；入題的話是要留在最後。這四段是這樣的，（一）談寒暄，評氣候，（二）敍往事，追舊誼，（三）談時事，發感慨，（四）所要奉託之「小事」。凡讀書人，絕不肯從第四段講起，必須運用章法，有伏，有承，氣勢既壯，然後陡然收筆，於實為德便之下，兀然而止。這四段若用圖畫分類法，亦可分為 （一）氣象學，（二）史學，（三）政治，（四）

經濟。第一段之作用在於「坐穩」符於來則安之之義。「尊姓」「大名」「久仰」「夙違」及「今天天氣哈哈哈」屬此段。位安而後情定。所謂定情，非定情之夕之謂，不過聯絡感情而已，所以第二段便是敍舊。也許有你的令侄與某君同過學，也許你住過南小街，而他住過無量大人胡同，由是感情便融洽了。如果，大家都是北大中人，認識志摩，適之，甚至辜鴻銘，林琴南……那便更加親摯而話長了。感情既洽，聲勢斯壯，故接着便是談時事，發感慨。這第三段範圍甚廣，包括有：中國不亡是無天理，救國策，對於古月三王草將馬二弓長諸政治領袖之品評，等等。連帶的還有追隨孫總理幾年到幾年之統計。比如你光緒三十一年聽見過一次孫總理演講，而今年是民國二十一年，合計應得二十五年，這便叫做追隨總理二十五年。及感情既洽，聲勢又壯，陡然下筆之機已到，於是客飲茶起立，拿起帽子。兀突而來轉入第四段：現在有一小事奉煩。先生不是認識××大學校長嗎？可否請寫一封介紹信。總結全文。

這冬至之晨，我神經聰明，知道又要恭聆四段法的文章了。因為某先生談吐十分風雅，舉止十分雍容，所以我有點準備。心坎裏卻在猜想他紙包裏不知有何寶貝。或是他要介紹我什麼差事，話雖如此，我們仍舊從氣象學談起。

十二宮星宿已經算過，某先生偶然輕快的提起傅君來。傅君是北大的高材生。我明白，他在敍舊，已經在第二段。是的這位先生確是雄才，胸中有光芒萬丈，筆鋒甚健。他完全同意，但是我的眼光總是迴復射在打字機上及他的紙包。然而不知怎樣，我們的感情，果然融洽起來了。這位先生談的句句有理，句句中肯。

自第二段至第三段之轉入，是非常自然。

傅君，蜀人也。你瞧，四川不是正在有叔侄大義滅親的廝殺一場嗎？某先生說四川很不幸。他說看見《論語半月刊》（我聽人家說看見《論語半月刊》，總是快活），知道四川民國以來共有四百七十七次的內戰。我自然無異辭，不過心裏想：「中國人的時間實在太充裕了。」《評論報》的傭人就要來取稿了。所以也不大再願聽他的議論，領略他的章法，而很願意幫他結束第三段。我們已談了半個多鐘頭。這時我覺得叫一切四川軍閥都上吊，轉入正題，也不致出岔。

　　「先生今日來訪，不知有何要事？」

　　「不過一點小小的事，」他說，打開他的紙包。「聽說先生與某雜誌主編胡先生是戚屬，可否奉煩先生將此稿轉交胡先生。」

　　「我與胡先生並非戚屬，而且某雜誌之名，也沒聽見過，」我口不由心狂妄的回答，言下覺得頗有中士殺人之慨。這時劇情非常緊張。因為這樣猛然一來，不但出了我自己意料之外，連這位先生也愕然。我們倆都覺得啼笑皆非，因為我們深深惋惜，這樣用半個鐘點工夫做起承轉伏正要入題的好文章，因為我狂妄，弄得毫無收場，我的罪過真不在魏延踢倒七星燈之下了。此時我們倆都覺得人生若夢！因為我知道我已白白地糟蹋我最寶貴的冬至之晨，而他也感覺白白地糟蹋他氣象天文史學政治的學識。

（選自《我的話》，上海：時代圖書公司，1934 年）

送禮

李健吾

送禮是一種藝術。和別的藝術一樣,它有時代、民族和性靈的種種意義。比較而言,它離詩離音樂最遠,雖說它有時候表現詩或者音樂的境界,不下於詩或者音樂的涵蓄。張三送來一把湘妃摺扇,噢!雅人雅事,只有張三做得到,李四遠巴巴從家鄉送來一斤枇杷,打開一看,爛了,丟了拉倒,但是,他的愚騃多近乎詩意呀!詩或者音樂要的是朦朧,或者混沌,從混沌到白痴是一條捷徑。不過,送禮的姊妹藝術不是詩或者音樂,而是小說。

它要的是觀察。理智是明澈的,世故是熟練的,應用是圓到的。送禮如若表現送者的個性,個性卻在反映對象的認識。張三結婚,請我去做收發。看着一件一件賀禮,我認識物品後面藏着的心情,和發生這種心情的性格。送銀盾,送喜帳,送賀金,是一等人,送花籃,又是一等人。兩樣都送,又是一等人。送文房四寶,送廚房用具,送洞房擺設,送男女裝飾,又是一等人。因為禮物的輕重大小珍凡,我可以看出雙方友誼的距離。把這些不同的友誼聚在一起。我可以立時明白(假如平時我不大清楚)張三的歷史,和造成這種歷史的環境與為人。做他一次收發,我決定了我和他來往與否的猶疑。

但是,我做收發的未嘗不也遇到例外。拿我自己來說,我和朋友的交情是深的,他遭了患難總是我搶先營救,然而輪到送禮,我

就懶散了。第一，我不曉得送什麼好，因為世上沒有東西表達我的衷情。第二，我不願意落俗，以為朋友一樣和俗無緣。然而我這種疏忽替我回絕了多少友誼！說到臨了，送禮不僅是社交的禮貌，而且是，做成驕傲的無上憑證。是人就有虛榮。看着一廳的禮物，張三站在當中，覺得世上只有他沒有白活一趟。「這是錢大人送的一對玻璃花瓶，別瞧禮輕，是錢大人送的，唉！禮輕人重。這是——什麼！叫化子頭兒劉五也送禮來了！你明白，他巴結我，因為，總之，我張家積的德。」是的。他心滿意足，這一切是他活着沒有被人遺忘的真憑實據，不僅遺忘，簡直是他為人推重的理由。送禮是成全別人的虛榮。此其所以往往辦白事、辦紅事，會把人辦窮了，都是貪那點兒小便宜的毛病。來而不往非禮也，於是乎送禮，當掉紡綢大衫，賣掉北鄉的水田。

送禮要適中，過猶不及。最聰明是不破分文，去拿別人送禮，別人存在咱們家的東西，管他別人不別人，只要目前合算。有話將來再說。犧牲無辜的第三者，為了達到自己的方便。這種應酬的實例最顯明的是東挖西補的政治家。他們打着信義招牌，鋪子也就是一樣貨色出賣：信義。現今生意最興隆的，是張伯倫做掌櫃的英吉利。

（選自《李健吾散文集》，銀州：寧夏人民出版社，1986 年）

骨牌聲

葉聖陶

　　走進里裏，總弄的靠牆角的一盞盞電燈全都亮了，在第四盞燈底下，一張輕便的桌子斜角擺着，四個女人圍着「打麻將」。她們不用扇扇子，也不在周身亂拍亂搔，像其他乘涼的人那樣；大概暑氣與蚊蟲都與她們疏遠了。

　　這使我想到伯祥近來的一夜的失眠。伯祥的屋子是帶「跨街樓」的，就把跨街樓作為臥室。那一晚他上床睡了，來了！就在樓底下送來倒出一盒骨牌的聲音，接着就是抹牌的聲音，碰牌的聲音，人的說笑，驚喜，埋怨，隨口罵詈，種種的聲音。先前醫生給伯祥診察過，說他的血漿比較薄，心臟不很強健；影響到心理，就形成感覺敏銳。這樓下的聲音並不細微，當然立刻引起他的注意，朦朧的倦意就消失了。聲音繼續不絕，他似乎被強迫地一一去聽，同時對於將要失眠了又懷着愈來愈兇的惴惴。樓下的人興致不衰，一圈一圈打下去，直到炮車似的糞車動地震耳地推進里裏來了，他們方才歇手。誰輸誰贏自然是確定了，或者大家還覺得有點兒軟軟的倦意；但是他們必然料不到樓上的伯祥也陪着他們一夜不曾合眼。

　　在我家聽力所及的四圍的鄰居中，也常常有通宵打牌的。我是出名的貪睡漢，並不曾因此失眠過一回，像伯祥那樣。在我還沒有睡的時候，聽見他們抹牌，很不經意地想，「他們打牌了」，隨後

也就安然，躺下不多時，就睡熟了。偶爾半夜裏醒來，又聽見他們抹牌，朦朦朧朧地想，「他們還沒有歇手呢，」一轉身，又睡熟了。直到小女孩醒了，我似乎被她鬧醒，看窗上已經佈滿含有希望的青光，這時候又聽見他們抹牌，輕輕地，慢慢地，似乎乏力的樣子；這才知道他們打了通宵的牌。

不是沒有白天打牌的；據家裏人說，日裏頭也常聽見骨牌桌子相擊的聲音；不過我日裏頭在家的時候少，就覺得打牌的事總是夜裏發生的多了，然而有幾回回家吃午飯的時候，也曾聽得拍拍劈劈的骨牌響。

有人說，「遊戲而至於打麻將，可說最沒有趣味的了；組織這麼簡單，一點兒用不着費心思，有什麼好玩！」說這句話如果意在勸人不要打麻將，簡直是不通世務的讀書官人說的，明白的人決不會這麼說。

現在先講趣味。趣味是須經旁人判定的呢，還是在於本身的體會？這似乎無須討論，當然，在於本身的體會；別人固然可以代我判定，但是沒有辦法使我與他同感。譬如別人盡可以向我說大蒜是最爽口的東西，但是我總覺得大蒜的惡臭不堪入邇；別人又可以向我說這西瓜不好，不要吃吧，但是我總不肯捨棄，因為凡西瓜不論好壞我都愛吃：這有什麼辦法呢？

那些朝打牌夜打牌的男人們，大概有個職業，他們認定職業是為着吃飯的，天生就一張嘴一副腸胃，就不能不從職業上弄到一點消費的材料；這裏頭頗含勉強的意思，即使有趣味也淡得很了；不然，為什麼工人喜歡歇工，教員愛聽放假呢？那些女人們，大概

擔負大部的家務，她們認定家務是自己先天註定的重負，為男人，為孩子，為全家族，都是不可推諉的；這就未必是心甘情願的了，似乎說不上有什麼趣味；不然，為什麼弄口電燈底下，常常有兩三個女人在那裏互訴家務的辛勞呢？至於一些遊手好閒的男女，東家靠一靠就是一兩點鐘，西家坐一坐就是半天，談些捉到幾個臭蟲，昨夜給蚊蟲擾了一夜的事，實在也是莫可奈何，才做這種無聊的消遣，如果要他們說一聲「這很有趣味」，我猜想他們未必願意答應吧。

人總愛做點有趣味的事，藉以消解種種的勞困與無聊。他們有什麼事情可做呢？你說，為什麼不去欣賞藝術？不錯；但是欣賞須得有素養，他們有麼？你又說，為什麼不去逛公園？不錯；但是逛公園男的須穿起洋服，女的也須打扮得體面一點，這豈是人人辦得到的事？房屋是叢墓的樣子，三家四家的人統統砌在一樓一底裏，身也轉不得，更不用說北窗消暑，月院乘涼了。好在桌子是現成擺在那裏的，骨牌是祖傳或新置的，倒不如就此坐攏來，打這麼八圈十二圈。心有所注，暑氣全消了，蠅蚊也似乎遠引了，趣味一。大家說打牌是寫意（「寫意」是蘇滬一帶人常說的，含有漂亮、舒服、輕快、推開責任等等意思，這裏指舒服）的事，現在居然身為寫意的事，同大大小小的寫意人一樣，趣味二。或者幸運光臨，還可以有贏到幾個銅元幾個銀角子的希望，如同中了什麼獎券的小彩，趣味三；誰說是沒有趣味呢！

其次講用心思，這尤其是簡單不過的。你以用心思為有味，也許人家以不用心思為有味；彼此如果因此爭論起來，結果當是誰也

不能折服誰。況且向來不曾用過心思的，你定要他非用心思不可，豈不叫他頭痛？他們說，麻將之所以使我們歡喜，就在於一點兒用不着費心思；你又有什麼話說？

世間不通世務的讀書官人究竟不多，做點有趣味的事這個觀念究竟是普遍的，於是我們常常聽見骨牌聲了。

（選自《葉聖陶散文甲集》，成都：四川人民出版社，1983 年）

命相家

夏丏尊

　　我因事至南京，住在××飯店。二樓樓梯旁某號房間裏，寓着一位命相家，房門是照例關着的。這位命相家叫什麼名字，房門上掛着的那塊玻璃框子的招牌上寫着什麼，我雖在出去回來的時候必須經過那門前，卻未曾加以注意。

　　有一天傍晚，我從外邊回來，剛走完樓梯，見有一個着洋服的青年方從命相家房中走出，房門半開，命相家立在門內點頭相送，叫「再會！」

　　那聲音很耳熟，急把腳立住了看那命相家，不料就是十年前的同事劉子岐。

　　「呀！子岐！」我不禁叫了出來。

　　「呀！久違了。你也住在這裏嗎？」他吃了一驚，把門開大了讓我進去。我重新去看門口的招牌，見上面寫着「青田劉知機星命談相」等等的文字。

　　「哦！劉子岐一變而為劉知機。十年不見，不料得了道了，究竟是怎麼一回事？」我急忙問。

　　「說來話長，要吃飯，沒有法子。你仍在寫東西嗎？教師也好久不做了吧。真難得，會在這裏碰到。不瞞你說，我吃這碗飯已有七八年了。自從那年和你一同離開××中學以後，漂泊了好幾處

地方，這裏一學期，那裏一學期，不得安定，也曾掛了斜皮帶革過命，可是終於生活不過去。你知道，我原是一隻三腳貓，以後就以賣卜混飯了。最初在上海掛牌，住了四五年，前年才到南京來。」

「在上海住過四五年，為什麼我一向不曾碰到你？上海的朋友之中也沒有人談及呢？」我問。

「我改了名字，大家當然無從知道了。朋友們又是一向都不信命相的，我吃了這口江湖飯，也無顏去找他們。如果今天你不碰巧看到我，你會知道劉知機就是我嗎？」

我有許多事情想問，不知從何說起。忽然門開了，進來的是兩位顧客：一個是戴呢帽穿長袍的，一個是着中山裝的，年紀都未滿三十歲。劉子岐——劉知機丟開了我，滿面春風地立起身來迎上去，儼然是十足的江湖派。我不便再坐，就把房間號數告訴了他，約他暢談，回到了自己的房間裏。

十年前的中學教師，居然會賣卜？顧客居然不少，而且大都是青年知識階級中人。感慨與疑問亂雲似地在我胸中紛紛疊起。等了許久，劉知機老是不來，叫茶房去問，回說房中尚有好幾個顧客，空了就來。

「對不起，一直到此刻才空。」劉知機來已是黃昏時候了。「難得碰面，大家出去敍敍。」

在秦淮河畔某酒家中覓了一個僻靜的座位，大家把酒暢談。

「生意似很不錯呢。」我打動他說。

「呃，這幾天是特別的。第一種原因，聽說有幾個部長要更動了，部長一更動，人員也當然有變動。你看，××飯店不是客人很

擠嗎？第二種原因，暑假快到了，各大學的畢業生都要謀出路，所以我們的生意特別好。」

「命相學當真可憑嗎？」

「當然不能說一定可憑。不過在現今這樣的社會上，命相之說，尚不能說全不足信。你想，一個機關中，當科長的，能力是否一定勝過科員？當次長的，能力是否一定不如部長？舉個例說，我們從前的朋友之中，李××已成了主席了。王××學力人品，平心而論遠過於他，革命的功績也不比他差，可是至今還不過一個××部的秘書。還有，一班畢業生數十人之中，有的成績並不出色，倒有出路，有的成績很好，卻無人過問。這種情形除了命相以外，該用什麼方法去說明呢？有人說，現今吃飯全靠八行書。這在我們命相學上就叫『遇貴人』。又有人挖苦現在貴人們的親親相阿，說是生殖器的聯繫。這簡直是窮通由於先天，證明『命』的的確確是有的了。」劉知機玩世不恭地說。

「這樣說來，你們的職業實實在在有着社會的基礎的，哈哈。」

「到了總理的考試制度真正實行了以後，命相也許不能再成為職業。至於現在，有需要，有供給，乃是堂堂皇皇的吃飯職業。命相家的身份決不比教師低下，我預備把這碗江湖飯吃下去哩。」

「你的營業項目有幾種？」

「命，相，風水，合婚擇日，什麼都幹。風水與合婚擇日近來已不行了。風水的目的是想使福澤及於子孫，現今一般人的心理，顧自身顧目前都來不及，哪有餘閒顧到幾十年幾百年後的事呢？至於合婚擇日，生意也清，摩登青年男女間盛行戀愛同居，婚也不必

『合』，日也無須『擇』了。只有命相兩項，現在仍有生意。因為大家都在急迫地要求出路，等機會，出路與機會的條件不一定是資格與能力，實際全靠碰運氣。任憑大家口口聲聲喊『打破迷信』，到了無聊之極的時候，也會瞞了人花幾塊錢來請教我們。在上海，顧客大半是商人，他們所問的是財氣。在南京，顧客大半是『同志』與學校畢業生，他們所問的是官運。老實說，都無非為了要吃飯。唯其大家要想吃飯，我們也就有飯可吃了。哈哈……」劉知機滔滔地說，酒已半醺了，自負之外又帶感慨。

「你對於這些可憐的顧客，怎樣對付他們？有什麼有益的指導呢？」

「還不是靠些江湖上的老調來敷衍！我只是依照古書，書上怎麼說就怎麼說。準不準連我自己也不知道。好在顧客也並不打緊，他們的到我這裏來，等於出錢去買香檳票，着了原高興，不着也不至於跳河上吊的。我對他說『就快交運』，『向西北方走』，『將來官至部長』，是給他一種希望。人沒有希望，活着很是苦痛。現社會到處使人絕望，要找希望，恐怕只有到我們這裏來。花一兩塊錢來買一個希望，雖然不一定準確可靠，究竟比沒有希望好。在這一點上，我們命相家敢自任為救苦救難的希望之神。至少在像現在的中國社會可以這樣說。」話愈說愈痛切，神情也愈激昂了。

他的話既詼諧又刺激，我聽了只是和他相對苦笑，對了這別有懷抱的傷心人，不知再提出什麼話題好。彼此都已有八九分醉意了。

（選自《文學》第 1 卷第 1 號）

「作揖主義」

劉半農

　　沈二先生與我們談天，常說生平服膺紅老之學。紅，就是《紅樓夢》；老，就是《老子》。這紅老之學的主旨，簡便些說，就是無論什麼事，都聽其自然。聽其自然又是怎麼樣呢？沈先生說：「譬如有人罵我，我們不必還罵：他一面在那裏大聲疾呼的罵人，一面就是他打他自己。我們在旁邊看看，也很好，何必費着氣力去還罵？又如有一隻狗，要咬我們，我們不必打牠，只是避開了就算；將來有兩隻狗碰了頭，自然會互咬起來。所以我們做事，只須抬起了頭，向前直進，不必在這抬頭直進四個字以外，再管什麼閒事；這就叫作聽其自然，也就是紅老之學的精神。」我想這一番話，很有些同托爾斯泰的不抵抗主義相像，不過沈先生換了個紅老之學的遊戲名詞罷了。

　　不抵抗主義我向來很贊成，不過因為有些偏於消極，不敢實行。現在一想，這個見解實在是大謬。為什麼？因為不抵抗主義面子上是消極，骨底裏是最經濟的積極。我們要辦事有成效，假使不實行這主義，就不免消費精神於無用之地。我們要保存精神，在正當的地方用，就不得不在可以不必的地方節省些。這就是以消極為積極：不有消極，就沒有積極。既如此，我也要用些遊戲筆墨，造出一個「作揖主義」的新名詞來。

　　「作揖主義」是什麼呢？請聽我說：——

譬如早晨起來，來的第一客，是位前清遺老。他拖了辮子，彎腰曲背走進來，見了我，把眼鏡一摘，拱拱手說：「你看！現在是世界不像世界了：亂臣賊子，遍於國中，欲求天下太平，非請宣統爺正位不可。」我急忙向他作了個揖，說：「老先生說的話，很對很對。領教了，再會吧。」

　　第二客，是個孔教會會長。他穿了白洋布做的「深衣」，古顏道貌的走進來，向我說：「孔子之道，如日月經天，江河行地。現在我們中國，正是四維不張，國將滅亡的時候；倘不提倡孔教，昌明孔道，就不免為印度波蘭之續。」我急忙向他作了個揖，說：「老先生說的話，很對很對，領教了，再會吧。」

　　第三客，是位京官老爺。他衣裳楚楚，一擺一踱的走進來，向我說：「人的根，就是丹田。要講衛生，就要講丹田的衛生。要講丹田的衛生，就要講靜坐。你要曉得，這種內功，常做了可以成仙的呢！」我急忙向他作了個揖，說：「老先生說的話，很對很對。領教了，再會吧。」

　　第四五客，是一位北京的評劇家，和一位上海的評劇家，手攜着手同來的。沒有見面，便聽見一陣「梅郎」「老譚」的聲音。見了面，北京的評劇家說：「打把子有古代戰術的遺意，臉譜是畫在臉孔上的圖案；所以舊戲是中國文學美術的結晶體。」上海的評劇家說：「這話說得不錯呀！我們中國人，何必要看外國戲；中國戲自有好處，何必去學什麼外國戲？你看這篇文章，就是這一位方家所賞識的；外國戲裏，也有這樣的好處麼？」他說到「方家」二字，翹了一個大拇指，指着北京的評劇家，隨手拿出一張《公言報》遞給我看。我一看那篇文章，題目是《佳哉劇也》四個字，我急忙向

兩人各各作了一個揖，說：「兩位老先生說的話，很對很對。領教了，再會吧。」

第六客是個玄之又玄的鬼學家。他未進門，便覺陰風慘慘，陰氣逼人，見了面，他說：「鬼之存在，至今日已無絲毫疑義。為什麼呢？因為人所居者為『顯界』，鬼所居者，尚別有一界，名『幽界』。我們從理論上去證明他，是鬼之存在，已無疑義。從實質上去證明他，是搜集種種事實，助以精密之器械，繼以正確之試驗，可知除顯界外，尚有一幽界。」我急忙向他作了個揖，說：「老先生說的話，很對很對，領教了，再會吧。」

末了一位客，是王敬軒先生。他的說話最多，洋洋灑灑，一連談了一點多鐘。把「中學為體，西學為用」八個字，發揮得詳盡無遺，異常透切。我屏息靜氣聽完了，也是照例向他作了個揖，說：「老先生的話，很對很對。領教了，再會吧。」

如此東也一個揖，西也一個揖，把這一班老伯，大叔，仁兄大人之類送完了，我仍舊做我的我：要辦事，還是辦我的事；要有主張，還仍舊是我的主張。這不過忙了兩隻手，比用盡了心思腦力唇焦舌敝的同他們辯駁，不省事得許多麼？

何以我要如此呢？

因為我想到前清末年的官與革命黨兩方面，官要尊王，革命黨要排滿；官說革命黨是「匪」，革命黨說官是「奴」。這樣牛頭不對馬嘴，若是雙方辯論起來，便到地老天荒，恐怕大家還都是個「纏夾二先生」，斷斷不能有什麼誰是誰非的分曉。所以為官計，不如少說閒話，切切實實想些方法去捉革命黨。為革命黨計，也不

如少説閒話，切切實實想些方法去革命。這不是一刀兩斷，最經濟最爽快的辦法麼？

我們對於我們的主張，在實行一方面，尚未能有相當的成效，自己想想，頗覺慚愧。不料一般社會的神經過敏，竟把我們看得像洪水猛獸一般。既是如此，我們感激之餘，何妨自貶聲價，處於「匪」的地位：卻把一般社會的聲價抬高——這是一般社會心目中之所謂高——請他處於「官」的地位？自此以後，你做你的官，我做我的匪。要是做官的做了文章，説什麼「有一班亂罵派讀書人，其狂妄乃出人意表。所垂訓於後學者，曰不虛心，曰亂説，曰輕薄，曰破壞。凡此惡德，有一於此，即足為研究學問之障，而況兼備之耶？」我們看了，非但不還罵，不與他辯，而且還要像我們江陰人所説的「鄉下人看告示」，奉送他「一篇大道理」五個字。為什麼？因為他們本來是官，這些話説，本來是「出示曉諭」以下，「右仰通知」以上應有的文章。

到將來，不幸而竟有一天，做官的諸位老爺們額手相慶曰：「謝天謝地，現在是好了，洪水猛獸，已一律肅清，再沒有什麼後生小子，要用夷變夏，蔑污我神州四千年古國的文明了，」那時候，我們自然無話可説，只得像北京刮大風時坐在膠皮車上一樣，一壁嘆氣，一壁把無限的痛苦盡量咽到肚子裏去；或者竟帶這種痛苦，埋入黃土，做螻蟻們的食料。

萬一的萬一竟有一天變作了我們的「一千九百十一年十月十日」了，那麼，我一定是個最靈驗的預言家，我説：那時的官老爺，斷斷不再説今天的官話，卻要説：「我是幾十年前就提倡新文明的，從前陳獨秀、胡適之、陶孟和、周啟明、唐元期、錢玄同、

劉半農諸先生辦《新青年》時，自以為得風氣之先，其時我的新思想，還遠比他們發生得早咧。」到了那個時候，我又怎麼樣呢？我想，一千九百十一年以後，自稱老同盟的很多，真正的老同盟也沒有方法拒絕這班新牌老同盟。所以我到那時，還是實行「作揖主義」，他們來一個，我就作一個揖，說：「歡迎！歡迎！歡迎新文明的先知先覺！」

（七年九月，北京）

　　半農發明這個「作揖主義」，玄同絕對的贊成；以後見了他們諸公，也要實行這個主義。因為照此辦法，在我們一方面，可以把寶貴的氣力和時間不浪費於無益的爭辯，專門來提倡除舊佈新的主義；在他們諸公一方面，少聽幾句逆耳之言，庶幾寧神靜慮，克享遐齡，可以受褒揚條例第九款的優待：這實在是兩利的辦法。至於到了「萬一的萬一」那一天，他們諸公自稱為新文明的先覺，是一定的；我們開會歡迎新文明的先覺，是對於老前輩應盡的敬禮，那更是應該的。

玄同附記

（選自《劉半農文選》，北京：人民文學出版社，1986 年）

給一位文學青年的公開狀

郁達夫

今天的風沙實在太大了，中午吃飯之後，我因為還要去教書，所以沒有許多工夫和你談天。我坐在車上，一路的向北走去，沙石飛進了我的眼睛。一直到午後四點鐘止，我的眼睛四周的紅圈，還沒有褪盡。恐怕同學們見了要笑我，所以於上課堂之先，我從高窗口在日光大風裏把一雙眼睛曝曬了許多時。我今天上你那公寓裏來看了你那一副樣子，覺得什麼話也說不出來。現在我想趁着這大家已經睡寂了的幾點鐘工夫，把我要說的話，寫一點在紙上。

平素不認識的可憐的朋友，或是寫信來，或是親自上我這裏來的，很多很多。我因為想報答兩位也是我素不認識而對於我卻有十二分的同情過的朋友的厚恩起見，總盡我的力量幫助他們。可是我的力量太薄弱了，可憐的朋友太多了，所以結果近來弄得我自家連一條棉褲也沒有。這幾天來天氣變得很冷，我老想買一件外套，但終於沒有買成。尤其是使我羞惱的，因為恰逢此刻，我和同學們所讀的書裏，正有一篇俄國郭哥兒著的嘲弄像我們一類人的小說《外套》。現在我的經濟狀態，比從前並沒有什麼寬裕，從數目上講起來，反而比從前要少——因為現在我不能向家裏去要錢化，每月的教書錢，額面上雖則有五十三加六十四合一百十七塊，但實際上拿得到的只有三十三四塊——而我的嗜好日深，每月光是煙酒的帳，也要開銷二十多塊。我曾經立過幾次對天的深誓，想把這一筆

糜費戒省下來，但愈是沒有錢的時候，愈想喝酒吸煙。向你講這一番苦話，並不是因為怕你要來問我借錢，而先事預防，我不過欲以我的身體來做一個證據，證明目下的中國社會的不合理，以大學校畢業的資格來糊口的你那種見解的錯誤罷了。

引誘你到北京來的，是一個國立大學畢業的頭銜，你告訴我說，你的心裏，總想在國立大學弄到畢業，畢業以後至少生計問題總可以解決。現在學校都已考完，你一個國立大學也進不去，接濟你的資金的人，又因他自家的地位搖動，無錢寄你，你去投奔你同縣而且帶有親屬的大慈善家 H，H 又不納，窮極無路，只好寫封信給一個和你素不相識而你也明明知道是和你一樣窮的我，在這時候這樣的狀態之下，你還要口口聲聲的說什麼「大學教育」，「唸書」，我真佩服你的堅忍不拔的雄心。不過佩服雖可佩服，但是你的思想的簡單愚直，也卻是一樣的可驚可異。現在你已經是變成了中性——半去勢的文人了，有許多事情，譬如說高尚一點的，去當土匪，卑微一點的，去拉洋車等事情，你已經是幹不了的了，難道你還嫌不足，還要想穿幾年長袍，做幾篇白話詩，短篇小說，達到你的全去勢的目的麼？大學畢業，以後就可以有飯吃，你這一種定理，是哪一本書上翻來的？

像你這樣一個白臉長身，一無依靠的文學青年，即使將麵包和淚吃，勤勤懇懇的在大學窗下住它五六年，難道你拿畢業文憑的那一天，天上就忽而會下起珍珠白米的雨來的麼？

現在不要說中國全國，就是在北京的一區裏頭，你且去站在十字街頭，看見穿長袍黑馬褂或嗶嘰舊洋服的人，你且試對他們行兩個禮，問他們一個人要一個名片來看看，我恐怕你不上半天，就

可以積起一大堆的什麼學士，什麼博士來，你若再行一個禮，問一問他們的職業，我恐怕他們都要紅紅臉說，「兄弟是在這裏找事情的。」他們是什麼？他們都是大學畢業生嚇，你能和他一樣的有錢讀書麼？你能和他們一樣的有錢買長袍黑馬褂嗶嘰洋服麼？即使你也和他們一樣的有了讀書買衣服的錢，你能保得住你畢業的時候，事情會來找你麼？

　　大學畢業生坐汽車，吸大煙，一擲千金的人原是有的。然而他們都是為新上台的大老經手減價賣職的人，都是有大刀槍桿在後面援助的人，都是有幾個什麼長在他們父兄身上的人，再粗一點說，他們至少也真是爬烏龜鑽狗洞的人，你要有他們那麼的後援，或他們那麼的烏龜本領，狗本領，那麼你就是大學不畢業，何嘗不可以吃飯？

　　我說了這半天，不過想把你的求學讀書，大學畢業的迷夢打破而已。現在為你計，最上的上策，是去找一點事情幹幹。然而土匪你是當不了的，洋車你也拉不了的，報館的校對，圖書館的拿書者，家庭教師，看護男，門房，旅館火車菜館的夥計，因為沒有人可以介紹，你也是當不了的——我當然是沒有能力替你介紹——所以最上的上策，於你是不成功的了。其次你就去革命去吧，去製造炸彈去吧！但是革命是不是同割枯草一樣，用了你那裁紙的小刀，就可以革得成的呢？炸彈是不是可以用了你頭髮上的灰垢和半年不換的襪底裏的污泥來調合的呢？這些事情，你去問上帝去吧！我也不知道。

　　比較上可以做得到，並且也不失為中策的，我看還是弄幾個旅費，回到湖南你的故土，去找出四五年你不曾見過的老母和你的小

妹妹來，第一天相持對哭一天，第二天因為哭了傷心，可以在床上你的草窠裏睡去一天，既可以休養，又可以省幾粒米下來熬稀粥。第三天以後，你和你的母親妹妹，若沒有衣服穿，不妨三人緊緊的擠在一處，以體熱互助的結果，同冬天雪夜的群羊一樣，倒可以使你的老母不至凍傷，若沒有米吃，你在日中天暖一點的時候，不妨把年老的母親交付給你妹妹的身體烘着，你自己可以上村前村後去掘一點草根樹根來煮湯吃。草根樹根裏也有澱粉，我的祖母未死的時候，常把洪楊亂日，她老人家嚐過的這滋味說給我聽，我所以知道。現在我既沒有餘錢可以贈你，就把這秘方相傳，作個我們兩位窮漢，在京華塵土裏相遇的紀念吧！若說草根樹根，也被你們的督軍省長師長議員知事掘完，你無論走往何處再也找不出一塊一截來的時候，那麼你且咽着自家的口水，同唱戲似的把北京的豪富人家的蔬菜，有色有香的說給你的老母親小妹妹聽聽，至少在未死前的一刻半刻鐘中間，你們三個昏亂的腦子裏，總可以大事鋪張的享樂一回。

但是我聽你說，你的故鄉連年兵燹，房屋田產都已毀盡，老母弱妹，也不知是生是死，五年來音信不通，並且現在回湖南的火車不開，就是有路費也回去不得，何況沒有路費呢？

上策不行，次之中策也不行，現在我為你實在是沒有什麼法子好想了。不得已我就把兩個下策來對你講吧！

第一，現在聽說天橋又在招兵，並且聽說取得極寬，上自五十歲的老人起，下至十六七歲的少年止，一律都收，你若應募之後，馬上開赴前敵，打死在租界以外的中國地界，雖然不能說是為國效忠，也可以算得是為招你的那個同胞效了命，豈不是比餓死凍死在

你那公寓的斗室裏好得多麼？況且萬一不開往前敵，或雖開往前敵而不打死的時候，只教你能保持你現在的這種純潔的精神，只教你能有如現在想進大學讀書一樣的精神來宣傳你的理想，難保你所屬的一師一旅，不為你所感化。這是下策的第一個。

第二，這才是真真的下策了！你現在不是只愁沒有地方住沒有地方吃飯而又苦於沒有勇氣自殺麼？你的沒有能力做土匪，沒有能力拉洋車，是我今天早晨在你公寓裏第一眼看見你的時候，已經曉得。但是有一件事情，我想你還能勝任的，要幹的時候一定是幹得到的。這是什麼事情呢？啊啊，我真不願意說出來——我並不是怕人家對我提出訴訟，說我在嗾使你做賊，啊呀，不願意說倒說出來了，做賊，做賊，不錯，我所說的這件事情，就是叫你去偷竊呀！

無論什麼人的無論什麼東西，只教你偷得着，儘管偷吧！偷到了，不被發覺，那麼就可以把這你偷自他，他搶自第三人的，在現在的社會裏稱為贓物，在將來進步了的社會裏，當然是要分歸你有的東西，拿到當鋪——我雖然不能為你介紹職業，但是像這樣的當鋪，卻可以為你介紹幾家——裏去換錢用。萬一發覺了呢？也沒有什麼。第一你坐坐監牢，房錢總可以不付了。第二監獄裏的飯，雖然沒有今天中午我請你的那家館子裏的那麼好，但是飯錢可以不付的。第三或者什麼什麼司令，以軍法從事，把你梟首示眾的時候，那麼你的無勇氣的自殺，總算是他來代你執行了，也是你的一件快心的事情，因為這樣的活在世上，實在是沒有什麼意思。

我寫到這裏，覺得沒有話再可以和你說了，最後我且來告訴你一種實習的方法吧！

你若要實行上舉的第二下策，最好是從親近的熟人方面做起。譬如你那位同鄉的親戚老 H 家裏，你可以先去試一試看。因為他的那些堆積在那裏的富財，不過是方法手段不同罷了，實際上也是和你一樣的偷來搶來的。你若再懾於他的慈和的笑裏的尖刀，不敢去向他先試，那麼不妨上我這裏來作個破題兒試試。我晚上臥房的門常是不關，進出很便。不過有一件缺點，就是我這裏沒有什麼值錢的物事。但是我有幾本舊書，卻很可以賣幾個錢。你若來時，最好是預先通知我一下，我好多服一劑催眠藥，早些睡下，因為近來身體不好，晚上老要失眠，怕與你的行動不便，還有一句話——你若來時，心腸應該要練得硬一點，不要因為是我的書的原因，致使你沒有偷成，就放聲大哭起來——

一九二四年十一月十三日午前二時

（選自《寒灰集》，上海：創造社出版部，1927 年）

與友人論性道德書

周作人

雨村兄：

　　長久沒有通信，實在因為太託熟了，況且彼此都是好事之徒，一個月裏總有幾篇文字在報紙上發表，看了也抵得過談天，所以覺得別無寫在八行書上之必要。但是也有幾句話，關於《婦人雜誌》的，早想對你說說，這大約是因為懶，拖延至今未曾下筆，今天又想到了，便寫這一封信寄給你。

　　我如要稱讚你，說你的《婦人雜誌》辦得好，即使是真話也總有後台喝彩的嫌疑，那是我所不願意說的，現在卻是別的有點近於不滿的意見，似乎不妨一說。你的戀愛至上的主張，我彷彿能夠理解而且贊同，但是覺得你的《婦人雜誌》辦得不好，——因為這種雜誌不是登載那樣思想的東西。《婦人雜誌》我知道是營業性質的，營業與思想——而且又是戀愛，差的多麼遠！我們要談思想，三五個人自費賠本地來發表是可以的，然而在營業性質的刊物上，何況又是 The LADY'S Journal……那是期期以為不可。我們要知道，營業與真理，職務與主張，都是斷乎不可混同，你卻是太老實地「借別人的酒杯澆自己的塊壘」，雖不愧為忠實的婦女問題研究者，卻不能算是一個好編輯員了。所以我現在想忠告你一聲，請你留下那些「過激」的「不道德」的兩性倫理主張預備登在自己的刊物上，另外重新依據營業精神去辦公家的雜誌，千萬不要再談

為 LADIES and gentlemen 所不喜的戀愛；我想最好是多登什麼做雞蛋糕布丁杏仁茶之類的方法以及刺繡裁縫梳頭束胸捷訣，——或者調查一點纏腳法以備日後需要時登載尤佳。《白話叢書》裏的《女誡註釋》此刻還可採取轉錄，將來讀經潮流自北而南的時候自然應該改登《女兒經》了。這個時代之來一定不會很遲，未雨綢繆現在正是時候，不可錯過。這種雜誌青年男女愛讀與否雖未敢預言，但一定很中那些有權威的老爺們的意，待多買幾本留着給孫女們讀，銷路不愁不廣。即使不說銷路，跟着聖賢和大眾走總是不會有過失的，縱或不能說有功於世道人心而得到褒揚。總之我希望你劃清界限，把氣力賣給別人，把心思自己留起，這是酬世錦囊裏的一條妙計，如能應用，消災納福，效驗有如《波羅密多心咒》。

然而我也不能贊成你太熱心地發揮你的主張，即使是在自辦的刊物上面。我實在可嘆，是一個很缺少「熱狂」的人，我的言論多少都有點遊戲態度。我也喜歡弄一點過激的思想，撥草尋蛇地去向道學家尋事，但是如法國拉勃來（Rabelais）那樣只是到「要被火烤了為止」，未必有殉道的決心。好像是小孩踢球，覺得是頗愉快的事，但本不期望踢出什麼東西來，踢到倦了也就停止，並不預備一直踢到把腿都踢折，——踢折之後豈不還只是一個球麼？我們發表些關於兩性倫理的意見也只是自己要說，難道就希冀能夠於最近的或最遠的將來發生什麼效力？耶穌，孔丘，釋迦，梭格拉底的話，究竟於世間有多大影響，我不能確說，其結果恐不過自己這樣說了覺得滿足，後人讀了覺得滿足——或不滿足，如是而已。我並非絕對不信進步之說，但不相信能夠急速而且完全地進步；我覺得世界無論變到那個樣子，爭鬥，殺傷，私通，離婚這些事總是不會絕跡的。我們的高遠的理想境到底只是我們心中獨自娛樂的影片，

為了這種理想，我也願出力，但是現在還不想拼命。我未嘗不想志士似的高唱犧牲，勸你奮鬥到底，但老實說我慚愧不是志士，不好以自己所不能的轉勸別人，所以我所能夠勸你的只是不要太熱心，以致被道學家們所烤。最好是望見白爐子留心點，暫時不要走近前去，當然也不可就改入白爐子黨，——白爐子的煙稍淡的時候仍舊繼續做自己的工作，千萬不要一下子就被「烤」得如翠鳥牌香煙。我也知道如有人肯拼出他的頭皮，直向白爐子的口裏鑽，或者也可以把他掀翻；不過，我重複地說，自己還拼不出，不好意思坐在交椅裏亂嚷，這一層要請你願諒。

上禮拜六晚寫到這裏，夜中我們的小女兒忽患急病，整整地忙了三日，現在雖然醫生聲明危險已過，但還需要十分慎重的看護，所以我也還沒有執筆的工夫，不過這封信總得寄出了，不能不結束一句。總之，我勸你少發在中國是尚早的性道德論，理由就是如上邊所說，至於青年黃年之誤會或利用那都是不成問題。這一層我不暇說了，只把陳仲甫先生一九二一年所說的話（《新青年》隨感錄一一七）抄一部分在後面：

青年底誤會

「教學者如扶醉人，扶得東來西又倒。」現代青年底誤解，也和醉人一般。⋯⋯你說婚姻要自由，他就專門把寫情書尋異性朋友做日常重要的功課。⋯⋯你說要脫離家庭壓制，他就拋棄年老無依的母親。你說要提倡社會主義共產主義，他就悍然以為大家朋友應該養活他。你說青年要有自尊底精神，他就目空一切，妄自尊大，不受善言了。⋯⋯

你看，這有什麼辦法，除了不理它之外？不然你就是只講做雞蛋糕，恐怕他們也會誤解了，吃雞蛋糕吃成胃病呢！匆匆不能多寫了，改日再談。

十四年四月十七日，署名

（選自《雨天的書》，長沙：岳麓書社，1987 年）

中年

周作人

　　雖然四川開縣有二百五十歲的胡老人，普通還只是說人生百年。其實這也還是最大的整數，若是人民平均有四五十歲的壽，那已經可以登入祥瑞志，說什麼壽星見了。我們鄉間稱三十六歲為本壽，這時候死了，雖不能說壽考，也就不是夭折。這種說法我覺得頗有意思。日本兼好法師曾說，「即使長命，在四十以內死了最為得體，」雖然未免性急一點，卻也有幾分道理。

　　孔子曰，「四十而不惑。」吾友某君則云，人到了四十歲便可以槍斃。兩樣相反的話，實在原是盾的兩面。合而言之，若曰，四十可以不惑，但也可以不不惑，那麼，那時就是槍斃了也不足惜云爾。平常中年以後的人大抵胡塗荒謬的多，正如兼好法師所說，過了這個年紀，便將忘記自己的老醜。想在人群中胡混，執着人生，私慾益深，人情物理都不復了解，「至可嘆息」是也。不過因為怕獻老醜，便想得體地死掉，那也似乎可以不必。為什麼呢？假如能夠知道這些事情，就很有不惑的希望，讓他多活幾年也不礙事。所以在原則上我雖贊成兼好法師的話，但覺得實際上還可稍加斟酌，這倒未必全是為自己道地，想大家都可見諒的吧。

　　我決不敢相信自己是不惑，雖然歲月是過了不惑之年好久了，但是我總想努力不至於不不惑，不要人情物理都不了解。本來人生

是一貫的，其中卻分幾個段落，如童年，少年，中年，老年，各有意義，都不容空過。譬如少年時代是浪漫的，中年是理智的時代，到了老年差不多可以說是待死堂的生活吧。然而中國凡事是顛倒錯亂的，往往少年老成，擺出道學家超人志士的模樣，中年以來重新來秋冬行春令，大講其戀愛等等，這樣地跟着青年跑，或者可以免於落伍之譏，實在猶如將晝作夜，「拽直照原」：只落得不見日光而見月亮，未始沒有好些危險。我想最好還是順其自然，六十過後雖不必急做壽衣，唯一只腳確已踏在墳裏，亦無庸再去講斯坦那赫博士結紮生殖腺了，至於戀愛則在中年以前應該畢業，以後便可應用經驗與理性去觀察人情與物理，即使在市街戰鬥或示威運動的隊伍裏少了一個人，實在也有益無損，因為後起的青年自然會去補充，（這是說假如少年不是都老成化了，不在那裏做各種八股，）而別一隊伍裏也就多了一個人，有如退伍兵去研究動物學，反正於參謀本部的作戰計劃並無什麼妨害的。

話雖如此，在這個當兒要使它不發生亂調，實在是不大容易的事。世間稱四十左右曰危險時期，對於名利，特別是色，時常露出好些醜態，這是人類的弱點，原也有可以容忍的地方。但是可容忍與可佩服是絕不相同的事情，尤其是無慚愧地，得意似地那樣做，還彷彿是我們的模範似地那樣做，那麼容忍也還是我們從數十年的世故中來最大的應許，若鼓吹護持似乎可以無須了吧。我們少年時浪漫地崇拜好許多英雄，到了中年再一回顧，那些舊日的英雄，無論是道學家或超人志士，此時也都是老年中年了，差不多盡數地不是顯出泥臉便即露出羊腳，給我們一個不客氣的幻滅。這有什麼辦法呢？自然太太的計劃誰也難違拗它。風水與流年也好，遺

傳與環境也好，總之是說明這個的可怕。這樣說來，得體地活着這件事或者比得體地死要難得多，假如我們過了四十卻還能平凡地生活，雖不見得怎麼得體，也不至於怎樣出醜，這實在要算是僥天之幸，不能不知所感謝了。

人是動物，這一句老實話，自人類發生以至地球毀滅，永久是實實在在的，但在我們人類則須經過相當年齡才能明白承認。所謂動物，可以含有科學家一視同仁的「生物」與儒教徒罵人的「禽獸」這兩種意思，所以對於這一句話人們也可以有兩樣態度。其一，以為既同禽獸，便異聖賢，因感不滿，以至悲觀。其二，呼鏟曰鏟，本無不當，聽之可也。我可以說就是這樣地想，但是附加一點，有時要去縱核名實言行，加以批評。本來棘皮動物不會膚如凝脂，怒毛上指棟的貓不打着呼嚕，原是一定的理，毋庸怎麼考核，無如人這動物是會說話的，可以自稱什麼家或主唱某主義等，這都是別的眾生所沒有的。我們如有閒一點兒，免不得要注意及此。譬如普通男女私情我們可以不管，但如見一個社會棟樑高談女權或社會改革，卻照例納妾等等，那有如無產首領浸在高貴的溫泉裏命令大眾衝鋒，未免可笑，覺得這動物有點變質了。我想文明社會上道德的管束應該很寬，但應該要求誠實，言行不一致是一種大欺詐，大家應該留心不要上當。我想，我們與其偽善還不如真惡，真惡還是要負責任，冒危險。

我這些意思恐怕都很有老朽的氣味，這也是沒有法的事情。年紀一年年的增多，有如走路一站站的過去，所見既多，對於從前的意見自然多少要加以修改。這是得呢失呢，我不能說。不過，走着

路專為貪看人物風景，不復去訪求奇遇，所以或者比較地看得平靜仔細一點也未可知。然而這又怎麼能夠自信呢？

十九年三月

（選自《看雲集》，上海：開明書店，1932年）

三禮讚

周作人

一、娼女禮讚

這個題目，無論如何總想不好，原擬用古典文字寫作 *Apologia pro Pornês*，或以國際語寫之，則為 *Apologia por Prostituistino*，但都覺得不很妥當，總得用漢文才好，因此只能採用這四個字，雖然禮讚應當是 *Enkomion* 而不是 *Apologia*，但也沒有法子了。民國十八年四月吉日，於北平。

貫華堂古本《水滸傳》第五十回敍述白秀英在鄆城縣勾欄裏說唱笑樂院本，參拜了四方，拍下一聲界方，唸出四句定場詩來：

> 新鳥啾啾舊鳥歸，老羊羸瘦小羊肥，
> 人生衣食真難事，不及鴛鴦處處飛。

雷橫聽了喝聲彩。金聖嘆批注很稱讚道好，其實我們看了也的確覺得不壞。或有句云，世界無如吃飯難，此事從來遠矣。試觀天下之人，固有吃飽得不能再做事者，而多做事卻仍缺飯吃的朋友，蓋亦比比然也。嘗讀民國十年十月廿一日《覺悟》上所引德國人柯祖基（Kautzky）的話：

「資本家不但利用她們（女工）的無經驗，給她們少得不夠自己開銷的工錢，而且對她們暗示，或者甚至明說，只有賣淫是補充

收入的一個法子。在資本制度之下，賣淫成了社會的台柱子。」我想，資本家的意思是不錯的。在資本制度之下，多給工資以致減少剩餘價值，那是斷乎不可，而她們之需要開銷亦是實情：那麼還有什麼辦法呢，除了設法補充？聖人有言，飲食男女，人之大欲存焉。世之人往往厄於貧賤，不能兩全，自手至口，僅得活命，若有人為「煮粥」，則吃粥亦即有兩張嘴，此窮漢之所以興嘆也。若夫賣淫，乃寓飲食於男女之中，猶有魚而復得兼熊掌，豈非天地間僅有的良法美意，吾人欲不喝彩叫好又安可得耶？

美國現代批評家裏有一個姓們肯（Mencken）的人，他也以為賣淫是很好玩的。《婦人辯護論》第四十三節是講花姑娘的，他說賣淫是這些女人所可做的最有意思的職業之一，普通娼婦大抵喜歡她的工作，決不肯去和女店員或女堂官調換位置。先生女士們覺得她是墮落了，其實這種生活要比工場好，來訪的客也多比她的本身階級為高。我們讀西班牙伊巴涅支（Ibanez）的小說《侈華》，覺得這不是亂說的話。們肯又道：

「犧牲了貞操的女人，別的都是一樣，比保持貞潔的女人卻更有好的機會，可以得到確實的結婚。這在經濟的下等階級的婦女特別是如此。她們一同高等階級的男子接近，——這在平時是不容易，有時幾乎是不可能的，——便能以女性的希奇的能力逐漸收容那些階級的風致趣味與意見。外宅的女子這樣養成姿媚，有些最初是姿色之惡俗的交易，末了成了正式的結婚。這樣的結婚數目在實際比表面上所發現者要大幾倍，因為兩造都常努力想隱藏他們的事實。」那麼，這豈不是「終南捷徑」，猶之綠林會黨出身者就可以晉升將官，比較陸軍大學生更是闊氣百倍乎。

哈耳波倫（Heilborn）是德國的醫學博士，著有一部《異性論》，第三篇是論女子的社會的位置之發達。在許多許多年的黑暗之後，到了希臘的雅典時代，才發現了一點光明，這乃是希臘名妓的興起。這種女子在希臘稱作赫泰拉（Hetaira），意思是說女友，大約是中國的魚玄機薛濤一流的人物，有幾個後來成了執政者的夫人。「因了她們的精煉優雅的舉止，她們的顏色與姿媚，她們不但超越普通的那些外宅，而且還壓倒希臘的主婦，因為主婦們缺少那優美的儀態，高等教育，與藝術的理解，而女友則有此優長，所以在短時期中使她們在公私生活上佔有極大的勢力。」哈耳波倫結論道：

　　「這樣，歐洲婦女之精神的與藝術的教育因賣淫制度而始建立。赫泰拉的地位可以算是所謂婦女運動的起始。」這樣說來，柯祖基的資本家真配得高興，他們所提示的賣淫原來在文化史上有這樣的意義。雖然這上邊所說的光榮的營業乃是屬「非必要」的，獨立的游女部類，與那徒弟制包工制的有點不同。們肯的話註解得好，「凡非必要的東西在世上常得尊重，有如宗教，時式服裝，以及拉丁文法，」故非為糊口而是營業的賣淫自當有其尊嚴也。

　　總而言之，賣淫足以滿足大欲，獲得良緣，啟發文化，實在是不可厚非的事業，若從別一方面看，她們似乎是給資本主義背了十字架，也可以說是為道受難，法國小說家路易菲立（Louis Philippe）稱她們為可憐的小聖女，虔敬得也有道理。老實說，資本主義是神人共祐，萬打不倒的，而有些詩人空想家又以為非打倒資本主義則婦女問題不能根本解決。夫資本主義既有萬年有道之長，所有的辦法自然只有謳歌過去，擁護現在，然則賣淫之可得而禮讚也蓋彰彰然矣。無論雷橫的老母怎樣罵為「千人騎萬人壓亂人入的賊母

狗」，但在這個世界上，白玉喬所說的「歌舞吹彈普天下伏侍看官」總不失為最有效力最有價值的生活法。我想到書上有一句話道：「夫人，內掌櫃，姨太太，校書等長短期的性的買賣，真是滔滔者天下皆是，」恐怕女同志們雖不贊成我的提示，也難提出抗議。我又記起友人傳述勸賣男色的古歌，詞雖粗鄙，亦有至理存焉，在現今什麼都是買賣的世界，我們對於賣什麼東西的能加以非難乎？日本歌人石川啄木不云乎：

「我所感到不便的，不僅是將一首歌寫作一行這一件事情。但是我在現今能夠如意的改革，可以如意的改革的，不過是這桌上的擺鐘硯台墨水瓶的位置，以及歌的行款之類罷了。說起來，原是無可無不可的那些事情罷了。此外真是使我感到不便，感到苦痛的種種的東西，我豈不是連一個指頭都不能觸他一下麼？不但如此，除卻對了它們忍從屈服，繼續的過那悲慘的二重生活以外，豈不是更沒有別的生於此世的方法麼？我自己也用了種種的話對於自己試為辯解，但是我的生活總是現在的家族制度，階級制度，資本制度，知識買賣制度的犧牲。」（見《陀螺》二二〇頁。）

二、啞吧禮讚

俗語云，「啞吧吃黃連」，謂有苦說不出也。但又云，「黃連樹下彈琴，」則苦中作樂，亦是常有的事，啞吧雖苦於說不出話，蓋亦自有其樂，或者且在吾輩有嘴巴人之上，未可知也。

普通把啞吧當作殘廢之一，與一足或無目等視，這是很不公平的事。啞吧的嘴既沒有殘，也沒有廢，他只是不說話罷了。《說文》

云,「瘖,不能言病也。」就是照許君所說,不能言是一種病,但這並不是一種要緊的病,於嘴的大體用處沒有多大損傷。查嘴的用處大約是這幾種,(一)吃飯,(二)接吻,(三)說話。啞吧的嘴原是好好的,既不是缺少舌尖,也並不是上下唇連成一片,那麼他如要吃喝,無論番菜或是「華餐」,都可以盡量受用,決沒有半點不便,所以啞吧於個人的榮衛上毫無障礙,這是可以斷言的。至於接吻呢?既如上述可以自由飲啖的嘴,在這件工作當然也無問題,因為如荷蘭威耳德(Van de Velde)醫生在《圓滿的結婚》第八章所說,接吻的種種大都以香味觸三者為限,於聲別無關係,可見啞吧不說話之絕不妨事了。歸根結蒂,啞吧的所謂病還只是在「不能言」這一點上。據我看來,這實在也不關緊要。人類能言本來是多此一舉,試看兩閒林林總總,一切有情,莫不自遂其生,各盡其性,何曾說一句話。古人云「猩猩能言,不離禽獸,鸚鵡能言,不離飛鳥。」可憐這些畜生,辛辛苦苦,學了幾句人家口頭語,結果還是本來的鳥獸,多被聖人奚落一番,真是何苦來。從前四隻眼睛的倉頡先生無中生有地造文字,害得好心的鬼哭了一夜,我怕最初類猿人裏那一匹直着喉嚨學說話的時候,說不定還着實引起了原始天尊的長嘆了呢。人生營營所為何事,「飲食男女,人之大欲存焉,」既於大欲無虧,別的事豈不是就可以隨便了麼?中國處世哲學裏很重要的一條是,多一事不如少一事,如啞吧者,可以說是能夠少一事的了。

語云,「病從口入,禍從口出。」說話不但於人無益,反而有害,即此可見。一說話,話中即含有臧否,即是危險,這個年頭兒。人不能老說「我愛你」等甜美的話,——況且仔細檢查,我愛你即含有我不愛他或不許他愛你等意思,也可以成為禍根,哲人見

客寒暄，但云「今天天氣……哈哈哈！」不再加說明，良有以也，蓋天氣雖無知，唯說其好壞終不甚妥，故以一笑了之。往讀楊惲報孫曾宗書，但記其「種一頃豆，落而為萁」等語，心竊好之，卻不知楊公竟因此而腰斬，猶如湖南十五六歲的女學生們以讀《落葉》（係郭沫若的，非徐志摩的《落葉》）而被槍決，同樣地不可思議。然而這個世界就是這樣不可思議的世界，其奈之何哉。幾千年來受過這種經驗的先民留下遺訓曰，「明哲保身」。幾十年來看慣這種情形的茶館貼上標語曰，「莫談國事」。吾家金人三緘其口，二千五百年來為世楷模，聲聞弗替。若啞吧者豈非今之金人歟？

　　常人以能言為能，但亦有因裝啞吧而得名者，並且上下古今這樣的人並不很多，即此可知啞吧之難能可貴了。第一個就是那鼎鼎大名的息夫人。她以傾國傾城的容貌，做了兩任王后，她替楚王生了兩個兒子，可是沒有對楚王說一句話。喜歡和死了的古代美人吊膀子的中國文人於是大做特做其詩，有的說她好，有的說她壞，各自發揮他們的臭美，然而息夫人的名聲也就因此大起來了。老實說，這實是婦女生活的一場悲劇，不但是一時一地一人的事情，差不多就可以說是婦女全體的運命的象徵。易卜生所作《玩物之家》一劇中女主人公娜拉說，她想不到自己竟替漠不相識的男子生了兩個子女，這正是息夫人的運命，其實也何嘗不就是資本主義下的一切婦女的運命呢。還有一位不說話的，是漢末隱士姓焦名先的便是。吾鄉金古良作《無雙譜》，把這位隱士收在裏面，還有一首讚題很好：

> 孝然獨處，絕口不語，
> 默隱以終，笑殺狐鼠。

並且據說「以此終身，至百餘歲」，則是裝了啞吧，既成高士之名，又享長壽之福，啞吧之可讚美蓋彰彰然明矣。

世道衰微，人心不古，現今啞吧也居然裝手勢說起話來了。不過這在黑暗中還是不能用，不能說話。孔子曰，「邦無道，危行言遜。」啞吧其猶行古之道也歟。

三、麻醉禮讚

麻醉，這是人類所獨有的文明。書上雖然說，斑鳩食桑葚則醉，或云，貓食薄荷則醉，但這都是偶然的事，好像是人錯吃了笑菌，笑得個一塌胡塗，並不是成心去吃了好玩的。成心去找麻醉，是我們萬物之靈的一種特色，假如沒有這個，人之所以異於禽獸者幾希了。

麻醉有種種的方法。在中國最普通的一種是抽大煙。西洋聽說也有文人愛好這件東西，一位散文家的傑作便是煙盤旁邊的回憶，另一詩人的一篇《忽不烈汗》的詩也是從芙蓉城的醉夢中得來的。中國人的抽大煙則是平民化的，並不為某一階級所專享，大家一樣地吱吱的抽吸，共享麻醉的洪福，是一件值得稱揚的事。鴉片的趣味何在，我因為沒有入過黑籍，不能知道，但總是麻蘇蘇地很有趣吧。我曾見一位煙戶，窮得可以，真不愧為鶉衣百結，但頭戴一頂瓜皮帽，前面頂邊燒成一個大窟窿，乃是沉醉時把頭屈下去在燈上燒去的，於此即可想見其陶然之狀態了。近代傳聞孫馨帥有一隊煙兵，在煙癮抽足的時候衝鋒最為得力，則已失了麻醉的意義，至少在我以為總是不足為訓的了。

中國古已有之的國粹的麻醉法，大約可以說是飲酒。劉伶的「死便埋我」，可以算是最徹底了，陶淵明的詩也總是三句不離酒，如云「撥置且莫念，一觴聊可揮，」又云，「天運苟如此，且進杯中物」，又云，「中觴縱遙情，忘彼千載憂，且極今朝樂，明日非所求，」都是很好的例。酒，我是頗喜歡的，不過曾經聲明過，殊不甚了解陶然之趣，只是亂喝一番罷了。但是在別人的確有麻醉的力量，它能引人著勝地，就是所謂童話之國土。我有兩個族叔，尤是這樣幸福的國土裏的住民。有一回冬夜，他們沉醉回來，走過一乘吾鄉所很多的石橋，哥哥剛一抬腳，棉鞋掉了，兄弟給他在地上亂摸，說道，「哥哥棉鞋有了。」用腳一踹，卻又沒有，哥哥道，「兄弟，棉鞋汪的一聲又不見了！」原來這乃是一隻黑小狗，被兄弟當作棉鞋捧了來了。我們聽了或者要笑，但他們那時神聖的樂趣我輩外人哪裏能知道呢？的確，黑狗當棉鞋的世界於我們真是太遠了，我們將棉鞋當棉鞋，自己說是清醒，其實卻是極大的不幸，何為可惜十二文錢，不買一提黃湯，灌得倒醉以入此樂土乎。

　　信仰與夢，戀愛與死，也都是上好的麻醉。能夠相信宗教或主義，能夠做夢，乃是不可多得的幸福的性質，不是人人所能獲得。戀愛要算是最好了，無論何人都有此可能，而且猶如採補求道，一舉兩得，尤為可喜，不過此事至難，第一需有對手，不比別的只要一燈一盞即可過癮，所以即使不說是奢侈，至少也總是一種費事的麻醉吧。至於失戀以至反目，事屬尋常，正如酒徒嘔吐，煙客脾泄，不足為病，所當從頭承認者也。末後說到死。死這東西，有些人以為還好，有些人以為很壞，但如當作麻醉品去看時，這似乎倒也不壞。依壁鳩魯說過，死不足怕，因為死與我輩沒有關係，我們

在時尚未有死，死來時我們已沒有了。快樂派是相信原子說的，這種唯物的說法可以消除死的恐怖，但由我們看來，死又何嘗不是一種快樂，麻醉得使我們沒有，這樣樂趣恐非醇酒婦人所可比擬的罷？所難者是怎樣才能如此麻醉，快樂？這個我想是另一問題，不是我們現在所要談論的了。

醉生夢死，這大約是人生最上的生活法吧？然而也有人不願意這樣。普通外科手術總用全身或局部的麻醉，唯偶有英雄獨破此例，如關雲長刮骨療毒，為世人所佩服，固其宜也。蓋世間所有唯辱與苦，茹苦忍辱，斯乃得度。畫廊派哲人（Stoics）之勇於自殺，自成宗派，若彼得洛紐思（Petronous）聽歌飲酒，切脈以死，雖稍貴族的，故自可喜。達拉思布耳巴（Taras Bulba）長子為敵所獲，毒刑致死，臨死曰，父親，你都看見麼？達拉思匿觀眾中大呼曰，「兒子，我都看見！」此則哥薩克之勇士，北方之強也。此等人對於人生細細嘗味，如啜苦酒，一點都不含糊，其堅苦卓絕蓋不可及，但是我們凡人也就無從追蹤了。話又說了回來，我們的生活恐怕還是醉生夢死最好吧。——所苦者我只會喝幾口酒，而又不能麻醉，還是清醒地都看見聽見，又無力高聲大喊，此乃是凡人之悲哀，實為無可如何者耳。

十八年十一月三十日

（選自《看雲集》，長沙：岳麓書社，1988 年）

沉默

周作人

　　林玉堂先生説，法國一個演説家勸人緘默，成書三十卷，為世所笑，所以我現在做講沉默的文章，想竭力節省，以原稿紙三張為度。

　　提倡沉默從宗教方面講來，大約很有材料，精秘主義裏很看重沉默。美忒林克便有一篇極妙的文章。但是我並不想這樣做，不僅因為怕有擁護宗教的嫌疑，實在是沒有這種知識與才力。現在只就人情世故上着眼説一説吧。

　　沉默的好處第一是省力。中國人説，多説話傷氣，多寫字傷神。不説話不寫字大約是長生之基，不過平常人總不易做到。那麼一時的沉默也就很好，於我們大有裨益。三十小時草成一篇宏文，連睡覺的時光都沒有，第三天必要頭痛；演説家在講台上呼號兩點鐘，難免口乾喉痛，不值得甚矣。若沉默，則可無此種勞苦，——雖然也得不到名聲。

　　沉默的第二個好處是省事。古人説「口是禍門」關上門，貼上封條，禍便無從發生，（「閉門家裏坐，禍從天上來」，那只算是「空氣傳染」，又當別論），此其利一。自己想説服別人，或是有所辯解，照例是沒什麼影響，而且愈説愈是渺茫，不如及早沉默，雖然不能因此而説服或辯明，但至少是不會增添誤會。又或別人有所

陳說，在這裏也照例不很能理解，極不容易答覆，這時候沉默是適當的辦法之一。古人說不言是最大的理解，這句話或者有深奧的道理，據我想則在我至少可以藏過不理解，而在他也就可以有猜想被理解了之自由。沉默之好處的好處，此其二。

善良的讀者們，不要以我為太玩世（Cynical）了吧？老實說，我覺得人之互相理解是至難——即使不是不可能的事，而表現自己之真實的感情思想也是同樣地難。我們說話作文，聽別人的話，讀別人的文，以為互相理解了，這是一個聊以自娛的如意的好夢，好到連自己覺到了的時候也還不肯立即承認，知道是夢了卻還想在夢境中多流連一刻。其實我們這樣說話作文無非只是想這樣做，想這樣聊以自娛，如其覺得沒有什麼可娛，那麼盡可簡單地停止。我們在門外草地上翻幾個筋斗，想像那對面高樓上的美人看着（明知她未必看見），很是高興，是一種辦法；反正她不會看見，不翻筋斗了，且臥在草地上看雲吧，這也是一種辦法。兩者都是對的，我這回是在做第二個題目罷了。

我是喜翻筋斗的人，雖然自己知道翻得不好。但這也只是不巧妙罷了，未必有什麼害處，足為世道人心之憂。不過自己的評語總是不大靠得住的，所以在許多知識階級的道學家看來。我的筋斗都翻得有點不道德，不是這種姿勢足以壞亂風俗，便是這個主意近於妨害治安。這種情形在中國可以說是意表之內的事，我們也並不想因此而變更態度，但如民間這種傾向到了某一程度，翻筋斗的人至少也應有想到省力的時候了。

三張紙已將寫滿，這篇文應該結束了。我費了三張紙來提倡沉默，因為這是對於現在中國的適當辦法。——然而這原來只是兩種辦法之一，有時也可以擇取另一辦法：高興的時候弄點小把戲，「藉資排遣」。將來別處看有什麼機緣，再來噪聒，也未可知。

一九二四年七月廿日

（選自《雨天的書》，長沙：岳麓書社，1987 年）

沉默

朱自清

　　沉默是一種處世哲學，用得好時，又是一種藝術。

　　誰都知道口是用來吃飯的，有人卻說是用來接吻的。我說滿沒有錯兒；但是若統計起來，口的最多的（也許不是最大的）用處，還應該是說話，我相信。按照時下流行的議論，說話大約也算是一種「宣傳」，自我的宣傳。所以說話徹頭徹尾是為自己的事。若有人一口咬定是為別人，憑了種種神聖的名字；我卻也願意讓步，請許我這樣說：說話有時的確只是間接地為自己，而直接的算是為別人！

　　自己以外有別人，所以要說話；別人也有別人的自己，所以又要少說話或不說話。於是乎我們要懂得沉默。你若唸過魯迅先生的《祝福》，一定會立刻明白我的意思。

　　一般人見生人時，大抵會沉默的，但也有不少例外。常在火車輪船裏，看見有些人迫不及待似地到處向人問訊，攀談，無論那是搭客或茶房，我只有羨慕這些人的健康；因為在中國這樣旅行中，竟會不感覺一點兒疲倦！見生人的沉默，大約由於原始的恐懼，但是似乎也還有別的。假如這個生人的名字，你全然不熟悉，你所能做的工作，自然只是有意或無意的防禦——像防禦一個敵人。沉默便是最安全的防禦戰略。你不一定要他知道你，更不想讓他發現你

的可笑的地方——一個人總有些可笑的地方不是？——；你只讓他盡量說他所要說的，若他是個愛說的人。末了你恭恭敬敬和他分別。假如這個生人，你願意和他做朋友，你也還是得沉默。但是得留心聽他的話，選出幾處，加以簡短的，相當的讚詞；至少也得表示相當的同意。這就是知己的開場，或說起碼的知己也可。假如這個人是你所敬仰的或未必敬仰的「大人物」，你記住，更不可不沉默！大人物的言語，乃至臉色眼光，都有異樣的地方；你最好遠遠地坐着，讓那些勇敢的同伴上前線去。——自然，我說的只是你偶然地遇着或隨眾訪問大人物的時候。若你願意專誠拜謁，你得另想辦法；在我，那卻是一件可怕的事。——你看看大人物與非大人物或大人物與大人物間談話的情形，準可以滿足，而不用從牙縫裏迸出一個字。說話是一件費神的事，能少說或不說以及應少說或不說的時候，沉默實在是長壽之一道。至於自我宣傳，誠哉重要——誰能不承認這是重要呢？——，但對於生人，這是白費的；他不會領略你宣傳的旨趣，只暗笑你的宣傳熱；他會忘記得乾乾淨淨，在和你一鞠躬或一握手以後。

朋友和生人不同，就在他們能聽也肯聽你的說話——宣傳。這不用說是交換的，但是就是交換的也好。他們在不同的程度下了解你，諒解你；他們對於你有了相當的趣味和禮貌。你的話滿足他們的好奇心，他們就趣味地聽着；你的話嚴重或悲哀，他們因為禮貌的緣故，也能暫時跟着你嚴重或悲哀。在後一種情形裏，滿足的是你；他們所真感到的怕倒是矜持的氣氛。他們知道「應該」怎樣做；這其實是一種犧牲，「應該」也「值得」感謝的。但是即使在知己的朋友面前，你的話也還不應該說得太多；同樣的故事，情

感，和警句，雋語，也不宜重複的說。《祝福》就是一個好榜樣。你應該相當的節制自己，不可妄想你的話佔領朋友們整個的心——你自己的心，也不會讓別人完全佔領呀。你更應該知道怎樣藏匿你自己。只有不可知，不可得的，才有人去追求；你若將所有的盡給了別人，你對於別人，對於世界，將沒有絲毫意義，正和醫學生實習解剖時用過的屍體一樣。那時是不可思議的孤獨，你將不能支持自己，而傾仆到無底的黑暗裏去。一個情人常喜歡說：「我願意將所有的都獻給你！」誰真知道他或她所有的是些什麼呢？第一個說這句話的人，只是表示自己的慷慨，至多也只是表示一種理想；以後跟着說的，更只是「口頭禪」而已。所以朋友間，甚至戀人間，沉默還是不可少的。你的話應該像黑夜的星星，不應該像除夕的爆竹——誰稀罕那徹宵的爆竹呢？而沉默有時更有詩意。譬如在下午，在黃昏，在深夜，在大而靜的屋子裏，短時的沉默，也許遠勝於連續不斷的倦怠了的談話。有人稱這種境界為「無言之美」，你瞧，多漂亮的名字！ ——至於所謂「拈花微笑」，那更了不起了！

可是沉默也有不行的時候。人多時你容易沉默下去，一主一客時，就不準行。你的過分沉默，也許把你的生客惹惱了，趕跑了！倘使你願意趕他，當然很好；倘使你不願意呢，你就得不時的讓他喝茶，抽煙，看畫片，讀報，聽話匣子，偶然也和他談談天氣，時局——只是複述報紙的記載，加上幾個不能解決的疑問——，總以引他說話為度。於是你點點頭，哼哼鼻子，時而嘆嘆氣，聽着。他說完了，你再給起個頭，照樣的聽着。但是我的朋友遇見過一個生客，他是一位準大人物，因某種禮貌關係去看我的朋友。他坐下時，將兩手籠起，擱在桌上。說了幾句話，就止住了，兩眼炯炯地

直看着我的朋友，我的朋友窘極，好容易陸陸續續地找出一句半句話來敷衍。這自然也是沉默的一種用法，是上司對屬僚保持威嚴用的。用在一般交際裏，未免太露骨了；而在上述的情形中，不為主人留一些餘地，更屬無禮。大人物以及準大人物之可怕，正在此等處。至於應付的方法，其實倒也有，那還是沉默；只消照樣籠了手，和他對看起來，他大約也就無可奈何了吧？

（選自《朱自清文集》3卷，南京：江蘇教育出版社，1988年）

祝土匪

林語堂

　　莽原社諸朋友來要稿，論理莽原社諸先生既非正人君子又不是當代名流，當然有與我合作之可能，所以也就慨然允了他們。寫幾字湊數，補白。

　　然而又實在沒有工夫，文士們（假如我們也可以冒充文士）欠稿債，就同窮教員欠房租一樣，期一到就焦急。所以沒工夫也得擠，所要者擠出來的是我們自己的東西，不是挪用，借光，販賣的貨物，便不至於成文妖。

　　於短短的時間，要做長長的文章，在文思遲滯的我是不行的。無已，姑就我要說的話有條理的或無條理的說出來。

　　近來我對於言論界的職任及性質漸漸清楚。也許我一時所見是錯誤的，然而我實還未老，不必裝起老成的架子，將來升官或入研究系時再來更正我的主張不遲。

　　言論界，依中國今日此刻此地情形，非有些土匪傻子來說話不可。這也是祝《莽原》恭維《莽原》的話，因為《莽原》即非太平世界，《莽原》之主稿諸位先生當然很願意揭竿作亂，以土匪自居。至少總不願意以「紳士」「學者」自居，因為學者所記得的是他的臉孔，而我們似乎沒有時間顧到這一層。

現在的學者最要緊的就是他們的臉孔，倘是他們自三層樓滾到樓底下，翻起來時，頭一樣想到是拿起手鏡照一照看他的假鬍鬚還在乎？金牙齒沒掉麼？雪花膏未塗污乎？至於骨頭折斷與否，似在其次。

學者只知道尊嚴，因為要尊嚴，所以有時骨頭不能不折斷，而不自知，且自告人曰，我固完膚也，嗚呼學者！嗚呼所謂學者！

因為真理有時要與學者的臉孔衝突，不敢為真理而忘記其臉孔者則終必為臉孔而忘記真理，於是乎學者之骨頭折斷矣。骨頭既斷，無以自立，於是「架子」，木腳，木腿來了。就是一副銀腿銀腳也要覺得討厭，何況還是木頭做的呢？

托爾斯泰曾經說過極好的話，論真理與上帝孰重。他說以上帝為重於真理者，繼必以教會為重於上帝，其結果必以其特別教門為重於教會，而終必以自身為重於其特別教門。

就是學者斤斤於其所謂學者態度，所以失其所謂學者，而去真理一萬八千里之遙。說不定將來學者反得讓我們土匪做。

學者雖講道德，士風，而每每說到自己臉孔上去；所以道德，士風將來也非由土匪來講不可。

一人不敢說我們要說的話，不敢維持我們良心上要維持的主張，這邊告訴人家我是學者，那邊告訴人家我是學者，自己無貫徹強毅主張，倚門賣笑，雙方討好，不必說真理招呼不來，真理有知，亦早已因一見學者臉孔而退避三舍矣。

唯有土匪，既沒有臉孔可講，所以比較可以少作揖讓，少對大人物叩頭。他們既沒有金牙齒，又沒有假鬍鬚，所以自三層樓上滾

下來，比較少顧慮，完膚或者未必完膚，但是骨頭可以不折，而且手足嘴臉，就使受傷，好起來時，還是真皮真肉。

真理是妒忌的女神，歸奉她的人就不能不守獨身主義，學者卻家裏還有許多老婆，姨太太，上炕老媽，通房丫頭。然而真理並非靠學者供養的，雖然是妒忌，卻不肯說話，所以學者所真怕的還是家裏的老婆，不是真理。

唯其有許多要說的話學者不敢說，唯其有許多良心上應維持的主張學者不敢維持，所以今日的言論界還得有土匪傻子來說話。土匪傻子是顧不到臉孔的，並且也不想將真理販賣給大人物。

土匪傻子可以自慰的地方就是有史以來大思想家都被當代學者稱為「土匪」「傻子」過。並且他們的仇敵也都是當代的學者，紳士，君子，士大夫……。自有史以來，學者，紳士，君子，士大夫都是中和穩健；他們的家裏老婆不一，但是他們的一副麵團團的尊容，則無古今中外東西南北皆同。

然而土匪有時也想做學者，等到當代學者夭滅殤亡之時。到那時候，卻要請真理出來登極。但是我們沒有這種狂想，這個時候還遠着呢，我們生於草莽，死於草莽，遙遙在野外莽原，為真理喝彩，祝真理萬歲，於願足矣。

只不要投降！

一九二五，十二，廿八

（選自《翦拂集》，上海：北新書局，1928 年）

新年醉話

老舍

　　大新年的，要不喝醉一回，還算得了英雄好漢麼？喝醉而去悶睡半日，簡直是白糟蹋了那點酒。喝醉必須說醉話，其重要至少等於新年必須喝醉。

　　醉話比詩話詞話官話的價值都大，特別是在新年。比如你恨某人，久想罵他猴崽子一頓。可是平日的生活，以清醒溫和為貴，怎好大睜白眼的罵陣一番？到了新年，有必須喝醉的機會，不乘此時節把一年的「儲蓄罵」都傾瀉淨盡，等待何時？於是乎罵矣。一罵，心中自然痛快，且覺得頗有英雄氣概。因此，來年的事業也許更順當，更風光；在元旦或大年初二已自許為英雄，一歲之計在於春也。反之，酒只兩盅，菜過五味，欲哭無淚，欲笑無由。只好哼哼唧唧嚕哩嚕蘇，如老母雞然，則癩狗見了也多咬你兩聲，豈能成為民族的英雄？

　　再說，處此文明世界，女扮男裝。許多許多男子大漢在家中乾綱不振。欲恢復男權，以求平等，此其時矣。你得喝醉喲，不然哪裏敢！既醉，則挑鼻子弄眼，不必提名道姓，而以散文詩冷嘲，繼以熱罵：頭髮燙得像雞窩，能孵小雞麼？曲線美，直線美又幾個錢一斤？老子的錢是容易掙得？哼！諸如此類，無須管層次清楚與否，但求氣勢暢利。每當少為停頓，則加一哼，哼出兩道白氣，這

麼一來，家中女性，必都惶恐。如不惶恐，則拉過一個——以老婆為最合適——打上幾拳。即使因此而罰跪床前，但床前終少見證，而醉罵則廣播四鄰，其聲勢極不相同，威風到底是男子漢的。鬧過之後，如有必要，得請她看電影；雖髮是雞窩如故，且未孵出小雞，究竟得顯出不平凡的親密。即使完全失敗，跪在床前也不見原諒，到底酒力熱及四肢，不至著涼害病，多跪一會兒正自無損。這自然是附帶的利益，不在話下。無論怎說，你總得給女性們一手兒瞧瞧，縱不能一戰成功，也給了她們個有力的暗示——你並不是泥人喲。久而久之，只要你努力，至少也使她們明白過來：你有時候也曾鬧脾氣，而跪在床前殊非完全投降的意思。

至若年底搪債，醉話尤為必需。討債的來了，見面你先噴他一口酒氣，他的威風馬上得降低好多，然後，他說東，你說西，他說欠債還錢，你唱《四郎探母》。雖曰無賴，但過了酒勁，日後見面，大有話說。此「尖頭曼」之所以為「尖頭曼」也。

醉話之功，不止於此，要在善於運用。秘訣在這裏：酒喝到八成，心中還記得「莫談國事」，把不該說的留下；可以說的，如罵友人與恫嚇女性，則以酒力充分活動想像力，務使自己成為浪漫的英雄。罵到傷心之處，宜緊緊搖頭，使眼淚橫流，自增殺氣。

當是時也，切莫題詞寄信，以免留叛逆的痕跡。必欲藝術的發洩酒性，可以在窗紙上或院壁上作畫。畫完題「醉墨」二字，豪放之情乃萬古不朽。

註：《矛盾月刊》新年特大號向我要文章。寫小說吧，沒工夫：作詩，又不大會。就寄了這麼幾句，雖然沒有半點藝術價值，可是在實際上不無用處。如有仁人君子照方兒吃一劑，而且有效，那我要變成多麼有光榮的我喲！

一九三四年節

（選自《老舍幽默文集》，長沙：湖南人民出版社，1982 年）

鄉下人的風趣

聶紺弩

　　抗戰前一年，我同一個朋友到 S 省的某處去，碰到一個非常有趣的鄉下人，談過一些非常奇怪的話，要不是親耳聽見，決不會相信有那樣的人，談那樣的話的。我們是在離大路不遠的一個池塘邊碰見他的，他正在一個人車水。起初，我們是向他問路，看見他談話的樣子有趣，就爽興在那兒歇腳，和他攀談起來。他起初也不大多講話，後來看見我們不想走，或者也覺得很有趣，也就隨便談起來了。

　　「客人」，他問：「你們從什麼地方來的？」

　　「南京。」我答。

　　「從南京？」他發出像被蛇咬了一口似的聲音：「你們從南京？你們是官唄？」

　　「不是！」我看他似乎不喜歡官，連忙補充：「我們是做小生意的。」

　　我們本不是官，但也不是做生意的；怕他不懂得什麼叫做寫文章，只好撒一個並無惡意的謊。

　　「怎麼？南京也有做小生意的？人家講那裏盡是官啊？」

　　我們給他解釋，說南京有做生意的，做手藝的，趁零工的⋯⋯但他似乎不大理睬。

「你們看見過官？」

「當然看見過。」

「很大很大的官都看見過？」他用兩手向兩邊張開，像圍一棵合抱不交的大樹似地比擬，彷彿說：這麼大！這麼大！「那一定是很好看的唄。聽說官都胖得很，重得很，愈大的就愈胖，胖得走都走不動，要人抬，頂大的官要上百的人抬！怎會不胖呢？他們吃得好呵！聽說王爺侯爺們的金鑾寶殿上，左邊是炸油條的，右邊是炕燒餅的。他們一下子到這邊吃根油條，一下子又到那邊吃個燒餅，滾燙的，一個銅子也用不着花！」

「哈哈！」我和朋友都不等他說完，就忍不住大笑起來。想不到的趣話呀！但我不知道他是真那樣相信呢，還是故意裝瘋賣傻，逗我們好玩？鄉下人也有鄉下人的風趣，逗起城裏人來，也不下城裏人之逗鄉下人的。

「他們天天殺人唄？」他看見他的話引得我們樂了，分外得意，自己也含着傻笑另外起頭說。

「不！」朋友說：「殺人是有季候的，總是秋天。」朋友大概也要逗他了，故意把過去了的「秋後處決」的話拿出來說。這句話卻引起了他的更離奇的趣話：

「他們討小也要等到秋天？」

「殺人跟討小有什麼關係呢？」我不懂，朋友也不懂。

「噫！」他詫異：「住在南京還不曉得？不是把人殺了，把人的老婆娶過去做小麼？咱們就為這，死也不敢到那裏去！」

「完全謠言！」我說。朋友也附和。

「謠言？咱們問你，他們是不是都有小？」

「也有沒有的。」

「有的有多少呢？」

「一個兩個。還能有多少呢？」

「別哄咱們，咱們什麼都知道，幾百上千的都有，如果不是殺人，佔人家的老婆，那麼多的小從哪裏來呢？」

「不對！」我說：「殺人是殺人，討小是討小。討小是用合法的手續從別處娶來的，並非佔的被殺掉了的犯人的老婆。」

「誰會相信呢？天生一個男的，就配上一個女的。要不殺掉一些男的，怎有那多女的不肯嫁給人家做老婆，倒肯嫁給人家做三大小，四大小，百大小，千大小呢？」

就是這樣的一些怪話，幾乎把我們的肚子都笑破了。

無論怎樣給他解說，他都一點也不相信；後來把他的話重複給別人聽，別人也不相信這回事是真的；除了以為他是開玩笑。但在當時，雖然有時也笑笑，他的樣子確是一本正經的，莫非我們真地倒被他騙過了？他的樣子有五十來歲，總不會傻到說那樣的孩子話吧？

無論他是真那樣相信，還是故意那麼說；無論他說的話隔事實有多麼遠；後來我想，他對於官的看法，倒是非常本質的。對於官，比起一個鄉下人來，我們實在看得太多，知道得太多，大概就

因為太多吧，反而被一些現象所迷惑住了。如果仔細想想，不但只像他說的那樣，即使有人更誇張，說官（大官）是以人血為酒，人肉為肴，靠吃人過日子的，我也願意替他作證：他的話沒有錯！

一九四六，七，七，重慶

（選自《聶紺弩雜文集》，北京：三聯書店，1981 年）

幽默的叫賣聲

夏丏尊

　　住在都市裏，從早到晚，從晚到早，不知要聽到多少種類多少次數的叫賣聲。深巷的賣花聲是曾經入過詩的，當然富於詩趣，可惜我們現在實際上已不大聽到。寒夜的「茶葉蛋」「細沙糭子」「蓮心粥」等等，聲音發沙，十之七八似乎是「老槍」的喉嚨，困在床上聽去頗有些淒清。每種叫賣聲，差不多都有着特殊的情調。

　　我在這許多叫賣者中，發見了兩種幽默家。

　　一種是賣臭豆腐乾的。每日下午五六點鐘，弄堂口常有臭豆腐乾擔歇着或是走着叫賣，擔子的一頭是油鍋，油鍋裏現炸着臭豆腐乾，氣味臭得難聞。賣的人大叫「臭豆腐乾！」「臭豆腐乾！」態度自若。

　　我以為這很有意思。「説真方，賣假藥」，「掛羊頭，賣狗肉」，是世間一般的毛病，以香相號召的東西，實際往往是臭的。賣臭豆腐乾的居然不欺騙大眾，自叫「臭豆腐乾」，把「臭」作為口號標語，實際的貨色真是臭的。言行一致，名副其實，如此不欺騙別人的事情，怕世間再也找不出了吧！我想。

　　「臭豆腐乾！」這呼聲在欺詐橫行的現世，儼然是一種憤世嫉俗的激越的諷刺！

還有一種是五雲日升樓賣報者的叫賣聲。那裏的賣報的和別處不同，沒有十多歲的孩子，都是些三四十歲的老槍癮三，身子瘦得像臘鴨，深深的亂頭髮，青屑屑的煙臉，看去活像個鬼。早晨是不看見他們的，他們賣的總是夜報。傍晚坐電車打那兒經過，就會聽到一片發沙的賣報聲。

　　他們所賣的似乎都是兩個銅板的東西，如《新夜報》、《時報號外》之類。叫賣的方法很特別，他們不叫「剛剛出版××報」，卻把價目和重要新聞標題聯在一起，叫起來的時候，老是用「兩個銅板」打頭，下面接着「要看到」三個字，再下去是當日的重要的國家大事的題目，再下去是一個「哪」字。「兩個銅板要看到十九路軍反抗中央哪！」在福建事變起來的時候，他們就這樣叫。「兩個銅板要看到日本副領事在南京失蹤哪！」藏本事件開始的時候，他們就這樣叫。

　　在他們的叫聲裏任何國家大事都只要花兩個銅板就可以看到，似乎任何國家大事都只值兩個銅板的樣子。我每次聽到，總深深地感到冷酷的滑稽情味。

　　「臭豆腐乾！」「兩個銅板要看到××××哪！」這兩種叫賣者頗有幽默家的風格。前者似乎富於熱情，像個矯世的君子。後者似乎鄙夷一切，像個玩世的隱士。

（選自《太白》第 2 卷第 1 期）

謙讓

梁實秋

謙讓彷彿是一種美德，若想在眼前的實際生活裏尋一個具體的例證，卻不容易。類似謙讓的事情近來似很難得發生一次。就我個人的經驗說，在一般宴會裏，客人入席之際，我們最容易看見類似謙讓的事情。

一群客人擠在客廳裏，誰也不肯先坐，誰也不肯坐首座，好像「常常登上座，漸漸入祠堂」的道理是人人所不能忘的。於是你推我讓，人聲鼎沸。輩份小的，官職低的，垂着手遠遠的立在屋角，聽候調遣。自以為有佔首座或次座資格的人，無不攘臂而前，拉拉扯扯，不肯放過他們表現謙讓的美德的機會。有的說：「我們敍齒，你年長！」有的說：「我常來，你是稀客！」有的說：「今天非你上座不可！」事實固然是為讓座，但是當時的聲浪和唾沫星子卻都表示像在爭座。主人覷着一張笑臉，偶然插一兩句嘴，作鶯鶯笑。這場紛擾，要直到大家的興致均已低落，該說的話差不多都已說完，然後急轉直下，突然平息，本就該坐上座的人便去就了上座，並無苦惱之象，而往往是顯著躊躇滿志顧盼自雄的樣子。

我每次遇到這樣謙讓的場合，便首先想起聊齋上的一個故事：一夥人在熱烈的讓座，有一位扯着另一位的袖子，硬往上拉，被拉的人硬往後躲，雙方勢均力敵，突然間拉着袖子的手一鬆，被拉的那隻胳臂猛然向後一縮，胳臂肘尖正撞在後面站着的一位駝背朋友

的兩隻特別凸出的大門牙上，喀吱一聲，雙牙落地！我每憶起這個樂極生悲的故事，為明哲保身起見，在讓座時我總躲得遠遠的。等風波過後，剩下的位置是我的，首座也可以，坐上去並不頭暈，末座亦無妨，我也並不因此少吃一嘴。我不謙讓。

考讓座之風之所以如此地盛行，其故有二。第一，讓來讓去，每人總有一個位置，所以一面謙讓，一面穩有把握。假如主人宣佈，位置只有十二個，客人卻有十四位，那便沒有讓座之事了。第二，所讓者是個虛榮，本來無關宏旨，凡是半徑都是一般長，所以坐在任何位置（假如是圓桌）都可以享受同樣的利益。假如明文規定，凡坐過首席若干次者，在銓敘上特別有利，我想讓座的事情也就少了。我從不曾看見，在長途公共汽車車站售票的地方，如果沒有木製的長柵欄，而還能夠保留一點謙讓之風！因此我發現了一般人處世的一條道理，那便是：可以無需讓的時候，則無妨謙讓一番，於人無利，於己無損；在該讓的時候，則不謙讓，以免損己；在應該不讓的時候，則必定謙讓，於己有利，於人無損。

小時候讀到孔融讓梨的故事，覺得實在難能可貴，自愧弗如。一隻梨的大小，雖然是微屑不足道，但對於一個四、五歲的孩子，其重要或者並不下於一個公務員之心理盤算簡、薦、委。有人猜想，孔融那幾天也許肚皮不好，怕吃生冷，樂得謙讓一番。我不敢這樣妄加揣測。不過我們要承認，利之所在，可以使人忘形，謙讓不是一件容易的事。孔融讓梨的故事，發揚光大起來，確有教育價值，可惜並未發生多少實際的效果：今之孔融，並不多見。

謙讓做為一種儀式，並不是壞事，像天主教會選任主教時所舉行的儀式就滿有趣。就職的主教照例的當眾謙遜三回，口說 "nolo

episcopari”意即「我不要當主教」，然後照例的敦促三回終於勉為其難了。我覺得這樣的儀式比宣誓就職之後再打通電聲明固辭不獲要好得多。謙讓的儀式行久了之後，也許對於人心有潛移默化之功，使人在爭權奪利奮不顧身之際，不知不覺的也舉行起謙讓的儀式。可惜我們人類的文明史尚短，潛移默化尚未能奏大效，露出原始人的爭獰面目的時候要比雍雍穆穆的舉行謙讓儀式的時候多些。我每次從公共汽車售票處殺進殺出，心理就想先王以禮治天下，實在有理。

（選自《雅舍小品》，香港：碧輝出版公司，1936 年）

送行

梁實秋

「黯然銷魂者，別而已矣。」遙想古人送別，也是一種雅人深致。古時交通不便，一去不知多久，再見不知何年，所以南浦唱隻驪歌，灞橋折條楊柳，甚至在陽關敬一杯酒，都有意味。李白的船剛要啟碇，汪倫老遠的在岸上踏歌而來，那幅情景真是歷歷如在目前。其妙處在於純樸真摯，出之以瀟灑自然。平夙莫逆於心，臨別難分難捨。如果平常我看着你面目可憎，你覺着我語言無味，一旦遠離，那是最好不過，只恨世界太小，唯恐將來又要碰頭，何必送行？

在現代人的生活裏，送行是和拜壽送殯等等一樣的成為應酬的禮節之一。「揪着公雞尾巴」起個大早，迷迷糊糊的趕到車站碼頭，擠在亂烘烘人群裏面，找到你的對象，扯幾句淡話，好容易耗到汽笛一叫，然後鳥獸散，吐一口輕鬆氣，嘬着大嘴回家。這叫做周到。在被送的那一方面，覺得熱鬧，人緣好，沒白混，而且體面，有這麼多人捨不得我走，斜眼看着旁邊的沒人送的旅客，相形之下，尤其容易起一種優越之感，不禁精神抖擻，恨不得對每一個送行的人要握八次手，道十回謝。死人出殯，都講究要有多少親友執紼，表示戀戀不捨，何況活人？行色不可不壯。

悄然而行似是不大舒服，如果別的旅客在你身旁耀武揚威的與送行的話別，那會增加旅中的寂寞。這種情形，中外皆然。Max

Beerbohm 寫過一篇「談送行」，他說他在車站上遇見一位以演劇為業的老朋友在送一位女客，始而喁喁情話，俄而淚濕雙頰，終乃汽笛一聲，勉強抑止哽咽，向女郎頻頻揮手，目送良久而別。原來這位演員是在作戲，他並不認識那位女郎，他是屬「送行會」的一個職員，凡是旅客孤身在外而願有人到站相送的，都可以到「送行會」去僱人來送。這位演員出身的人當然是送行的高手，他能放進感情，表演逼真。客人納費無多，在精神上受惠不淺。尤其是美國旅客，用金錢在國外可以購買一切，如果「送行會」真的普遍設立起來，送行的人也不虞缺乏了。

送行既是人生中所不可少的一樁事，送行的技術也便不可不注意到。如果送行只限於到車站碼頭報到，握手而別，那麼問題就簡單，但是我們中國的一切禮節都把「吃」列為最重要的一個項目。一個朋友遠別，生怕他餓着走，餞行是不可少的，恨不得把若干天的營養都一次囤積在他肚裏。我想任何人都有這種經驗，如有遠行而消息外露（多半還是自己宣揚），他有理由期望着餞行的帖子紛至沓來，短期間家裏可以不必開伙。還有些思慮更周到的人，把食物攜在手上，親自送到車上船上，好像是你在半路上會要挨餓的樣子。

我永遠不能忘記最悲慘的一幕送行。一個嚴寒的冬夜，車站上並不熱鬧，客人和送客的人大都在車廂裏取暖，但是在長得沒有止境的月台上卻有黑查查的一堆送行的人，有的圍着斗篷，有的戴着風帽，有的腳尖在洋灰地上敲鼓似的亂動，我走近一看全是熟人，都是來送一位太太的。車快開了，不見她的蹤影，原來在這一晚她還有幾處餞行的宴會。在最後的一分鐘，她來了。送行的人們覺得

是在接一個人，不是在送一個人，一見她來到大家都表示喜歡，所有惜別之意都來不及表現了。她手上抱着一個孩子，嚇得直哭，另一隻手扯着一個孩子，連跑帶拖，她的頭髮蓬鬆着，嘴裏噴着熱氣像是冬天載重的騾子，她顧不得和送行的人周旋，三步兩步的就跳上了車。這時候車已在蠕動。送行的人大部分都手裏提着一點東西，無法交付，可巧我站在離車門最近的地方，大家把禮物都交給了我，「請您偏勞給送上去吧！」我好像是一個聖誕老人，抱着一大堆禮物，我一個箭步竄上了車，我來不及致辭，把東西往她身上一扔，回頭就走，從車上跳下來的時候，打了幾個轉才立定腳跟。事後我接到她一封信，她說：

> 那些送行的都是誰？你丟給我那一堆東西，到底是誰送的？我在車上整理了好半天，才把那堆東西聚攏起來打成一個大包袱。朋友們的盛情算是給我添了一件行李。我願意知道哪一件東西是哪一位送的，你既是代表送上車的，你當然知道，盼速見告。

> 計開

> 水果三筐，泰康罐頭四個，果露兩瓶，蜜餞四盒，餅乾四罐，豆腐乳豆罐，蛋糕四盒，西點八盒，紙煙八聽，信紙信封一匣，絲襪兩雙，香水一瓶，煙灰碟一套，小鐘一具，衣料兩塊，醬菜四簍，繡花拖鞋一雙，大麵包四個，咖啡一聽，小寶劍兩把……

這問題我無法答覆，至今是個懸案。

我不願送人，亦不願人送我，對於自己真正捨不得離開的人，離別的那一剎那像是開刀，凡是開刀的場合照例是應該先用麻醉劑，使病人在迷蒙中度過那場痛苦，所以離別的苦痛最好避免。一個朋友說，「你走，我不送你，你來，無論多大風多大雨，我要去接你。」我最賞識那種心情。

（選自《雅舍小集》，香港：碧輝出版公司，1936）

口中剿匪記

豐子愷

　　口中剿匪，就是把牙齒拔光。為什麼要這樣說法呢？因為我口中所剩十七顆牙齒，不但毫無用處，而且常常作祟，使我受苦不淺。現在索性把它們拔光，猶如把盤踞要害的群匪剿盡，肅清，從此可以天下太平，安居樂業。這比喻非常確切，所以我要這樣說。

　　把我的十七顆牙齒，比方一群匪，再像沒有了。不過這匪不是普通所謂「匪」，而是官匪，即貪官污吏。何以言之？因為普通所謂「匪」，是當局明令通緝的，或地方合力嚴防的，直稱為「匪」。而我的牙齒則不然：它們雖然向我作祟，而我非但不通緝它們，嚴防它們，反而祖護它們。我天天洗刷它們；我留心保養它們；吃食物的時候我讓它們先嚼；說話的時候我委屈地遷就它們；我決心不敢冒犯它們。我如此愛護它們，所以我口中這群匪，不是普通所謂「匪」。

　　怎見得像官匪，即貪官污吏呢？官是政府任命的，人民推戴的。但他們竟不盡責任，而貪贓枉法，作惡為非，以危害國家，蹂躪人民。我的十七顆牙齒，正同這批人物一樣。它們原是我親生的，從小在我口中長大起來的。它們是我身體的一部分，與我痛癢相關的。它們是我吸取營養的第一道關口。它們替我研磨食物，送到我的胃裏去營養我全身。它們站在我的言論機關的要路上，幫助我發表意見，它們真是我的忠僕，我的護衛。詎料它們居心不良，

漸漸變壞。起初，有時還替我服務，為我造福，而有時對我虐害，使我苦痛。到後來它們作惡太多，個個變壞，歪斜偏側，吊兒郎當，根本沒有替我服務、為我造福的能力，而一味對我賊害，使我奇癢，使我大痛，使我不能吸煙，使我不得喝酒，使我不能作畫，使我不能作文，使我不得說話，使我不得安眠。這種苦頭是誰給我吃的？便是我親生的，本當替我服務、為我造福的牙齒！因此，我忍氣吞聲，敢怒而不敢言。在這班貪官污吏的苛政之下，我茹苦含辛，已經隱忍了近十年了！不但隱忍，還要不斷地買黑人牙膏、消治龍牙膏來孝敬它們呢！

我以前反對拔牙，一則怕痛，二則我認為此事違背天命，不近人情。現在回想，我那時真有文王之至德，寧可讓商紂方命虐民，而不肯加以誅戮。直到最近，我受了易昭雪牙醫師的一次勸告，文王忽然變了武王，毅然決然地興兵伐紂，代天行道了。而且這一次革命，順利進行，迅速成功。武王伐紂要「血流漂杵」，而我的口中剿匪，不見血光，不覺苦痛，比武王高明得多呢。

飲水思源，我得感謝許欽文先生。秋初有一天，他來看我，他滿口金牙，欣然地對我說：「我認識一位牙醫生，就是易昭雪。我勸你也去請教一下。」那時我還有文王之德，不忍誅暴。便反問他：「裝了究竟有什麼好處呢？」他說：「夫妻從此不吵相罵了。」我不勝讚嘆。並非羨慕夫妻不相罵，卻是佩服許先生說話的幽默。幽默的功用真偉大，後來有一天，我居然自動地走進易醫師的診所裏去，躺在他的椅子上了。經過他的檢查和忠告之後，我恍然大悟，原來我口中的國土內，養了一大批官匪，若不把這批人物殺光，國家永遠不得太平，民生永遠不得幸福。我就下決心，馬上任

命易醫師為口中剿匪總司令，次日立即向口中進攻。攻了十一天，連根拔起，滿門抄斬，全部貪官，從此肅清。我方不傷一兵一卒，全無苦痛，順利成功。於是我再托易醫師另行物色一批人才來。要個個方正，個個幹練，個個為國效勞，為民服務。我口中的國土，從此可以天下太平了。

一九四七年冬於杭州

（選自《緣緣堂隨筆集》，杭州：浙江文藝出版社，1983 年）

有聲電影

老　舍

　　二姐還沒有看過有聲電影。可是她已經有了一種理論。在沒看見以前，先來一套說法，不獨二姐如此，有許多偉人也是這樣；此之謂「知之為知之，不知為知之」也。她以為有聲電影便是電機答答之聲特別響亮而已。要不然便是當電人——二姐管銀幕上的英雄美人叫電人——互相巨吻的時候，台下鼓掌特別發狂，以成其「有聲」。她確信這個，所以根本不想去看。本來她對電影就不大熱心，每當電人巨吻，她總是用手遮上眼的。

　　但據說有聲電影是有說有笑而且有歌。她起初還不相信，可是各方面的報告都是這樣，她才想開開眼。

　　二姥姥等也沒開過此眼，而二姐又恰巧打牌贏了錢，於是大請客。二姥姥三舅媽，四姨，小禿，小順，四狗子，都在被請之列。

　　二姥姥是天一黑就睡，所以決不能去看夜場；大家決定午時出發，看午後兩點半那一場。看電影本是為開心解悶，所以十二點動身也就行了。要是上車站接個人什麼的，二姐總是早去七八小時的。那年二姐夫上天津，二姐在三天前就催他到車站去，恐怕臨時找不到座位。

　　早動身可不見得必定早到；要不怎麼愈早愈好呢。總是十二點走哇，到了十二點三刻誰也沒動身。二姥姥找眼鏡找了一刻來鐘；

確是不容易找，因為眼鏡在她自己腰裏帶着呢。跟着就是三舅媽找鈕子，翻了四隻箱子也沒找到，結果是換了件衣裳。四狗子洗臉又洗了一刻多鐘，這還總算順當；往常一個臉得至少洗四十多分鐘，還得有門外的巡警給幫忙。

出發了。走到巷口，一點名，小禿沒影了。大家折回家裏，找了半點多鐘，沒找着。大家決定不看電影了，找小禿是更重要的。把新衣裳全脫了，分頭去找小禿。正在這個當兒，小禿回來了；原來他是跑在前面，而折回來找她們。好吧，再穿好衣裳走吧，巷外有的是洋車，反正耽誤不了。

二姥姥給車價還按着現洋換一百二十個銅子時的規矩，多一個不要。這幾年了，她不大出門，所以老覺得燒餅賣三個大銅子一個不是件事實，而是大家欺騙她。現在拉車的三毛兩毛向她要，也不是車價高了，是欺侮她年老走不動。她偏要走一個給他們瞧瞧。這一掛勁可有些「憧憬」：她確是有志向前邁步，不過腳是向前向後，連她自己也不準知道，姨倒是能走，可惜為看電影特意換上高底鞋，似乎非扶着點什麼不敢抬腳。她假裝過去攙着二姥姥，其實是為自己找個靠頭。不過大家看得很清楚，要是跌倒的話，這二位一定是一齊倒下。四狗子和小禿們急得直打蹦。

總算不離，三點一刻到了電影院。電影已經開映，這當然是電影院不對；難道不曉得二姥姥今天來麼？二姐實在覺得有罵一頓街的必要，可是沒罵出來，她有時候也能「文明」一氣。

既來之則安之，打了票。一進門，小順便不幹了，怕黑，黑的地方有紅眼鬼，無論如何也不能進去。二姥姥一看裏面黑洞洞，以為天已經黑了，想起來睡覺的舒服；她主張帶小順回家。要是不為

二姥姥，二姐還想不起請客呢。誰不知道二姥姥已經是土埋了半截的人，不看回有聲電影，將來見閻王的時候要是盤問這一層呢？大家開了家庭會議。不行，二姥姥是不能走的。至於小順，好辦，買幾塊糖好了。吃糖自然便看不見紅眼鬼了。事情便這樣解決了。四姨攙着二姥姥，三舅媽拉着小順，二姐招呼着小禿和四狗子。前呼後應，在暗中摸索，雖然有看座的過來招待，可是大家各自為政的找座兒，忽前忽後，忽左忽右，離而復散，分而復合，主張不一，而又願坐在一塊兒。直落得二姐口乾舌燥，二姥姥連喘帶嗽，四狗子咆哮如雷，看座的滿頭是汗。觀眾們全忘了看電影，一齊惡聲的「吃——」，但是壓不下去二姐的指揮口令。二姐在公共場所說話特別響亮，要不怎樣是「外場」人呢。

直到看座的電棒中的電已使淨，大家才一狠心打到了座。不過，還不能這麼馬馬虎虎的坐下。大家總不能忘了謙恭呀，況且是在公共場所。二姥姥年高有德，當然往裏坐。可是二姥姥當着四姨怎肯以老賣老，四姨是姑奶奶呀；而二姐又是姐姐兼主人；而三舅媽到底是媳婦，而小順子等是孩子；一部倫理從何處說起？大家打架似的推讓，甚至把前後左右的觀眾都感化得直喊叫老天爺。好容易大家覺得讓的已夠上相當的程度，一齊坐下。可是小順的糖還沒有買呢！二姐喊賣糖的，真喊得有勁，連賣票的都進來了，以為是賣糖的殺了人。

糖買過了，二姥姥想起一樁大事——還沒咳嗽呢。二姥姥一陣咳嗽，惹起二姐的孝心，與四姨三舅媽說起二姥姥的後事來。老人家像二姥姥這樣的，是不怕兒女當面講論自己的後事，而且樂意參加些意見。如「別的都是小事，我就是要個金九連環。也別忘了糊

一對童兒！」這一說起來，還有完嗎？一樁套着一樁，一件聯着一件，說也奇怪，愈是在戲館電影場裏，家事愈顯得複雜。大家剛說到熱鬧的地方，忽，電燈亮了，人們全往外走。二姐喊賣瓜子的；說起家務要不吃瓜子便不夠派兒。看座的過來了，「這場完了，晚場八點才開呢。」

大家只好走吧。一直到二姥姥睡了覺，二姐才想起問三舅媽：「有聲電影到底怎麼說來着？」三舅媽想了想：「管它呢，反正我沒聽見。」還是四姨細心，她說她看見一個洋鬼子吸煙，還從鼻子裏冒煙呢，「電影是怎樣作的，多麼巧妙哇，鼻子冒煙，和真的一樣，你就說！」大家都讚嘆不已。

（選自《老舍幽默文集》，長沙：湖南人民出版社，1982 年）

五味巷

賈平凹

　　長安城內有一條巷，北邊為頭，南邊為尾，千百米長短，五丈一棵小柳，十丈一棵大柳。那柳都長得老高，一直突出兩層木樓，巷面就全陰了，如進了深谷峽底；天只剩下一帶，又盡被柳條割成一道兒的，一溜兒的。路燈就藏在樹中，遠看隱隱約約，羞澀像雲中半露的明月，近看光芒成束，乍長乍短在綠縫裏激射。在巷頭一抬腳起步，巷尾就有了響動，背着燈往巷裏走，身影比人長，愈走愈長，人還在半巷，身影已到巷尾去了。巷中並無別的建築，一堵側牆下，孤零零站一竿鐵管，安有龍頭，那便是水站了；水站常常斷水，家家少不了備有水甕，水桶，水盆兒，水站來了水，一個才會說話的孩子喊一聲「水來了！」全巷便被調動起來。缺水時節，地震時期，巷裏是一個神經，每一個人都可以當將軍。買高檔商品，是要去西大街、南大街，但生活日用，卻極方便：巷北口就有了四間門面，一間賣醋，一間賣椒，一間賣鹽，一間賣鹼；巷南口又有一大鋪，專售甘蔗，最受孩子喜愛，每天門口湧集很多，來了就趕，趕了又來。巷本無名，借得巷頭巷尾酸辣苦鹹甜，便「五味，五味」，從此命名叫開了。

　　這巷子，離大街是最遠的了，車從未從這裏路過，或許就最保守着古老，也因保守的成分最多，便一直未被人注意過，改造過。

但居民卻看重這地方，住戶愈來愈多，門窗愈安愈稠。東邊木樓，從北向南，一百二十戶，西邊木樓，從南向北，一百零三戶。門上窗上，掛竹簾的，吊門簾的，搭涼棚的，遮雨布的，一入巷口，各人一眼就可以看見自己門窗的標誌。樓下的房子，沒有一間不陰暗，樓上的房子，沒有一間不裂縫；白天人在巷裏忙活，夜裏就到每一個門窗去，門窗雜亂無章，卻誰也不曾走錯過。房間裏，布幔拉開三道，三代界線劃開；一張木床，妻子，兒子，香甜了一個家庭，屋外再吵再鬧，也徹夜酣眠不醒了。

　　城內大街是少栽柳的，這巷裏柳就覺得稀奇。冬天過去，春天幾時到來，城裏沒有山河草林，唯有這巷子最知道。忽有一日，從遠遠的地方向巷中一望，一巷迷迷的黃綠，忍不住叫一聲「春來了！」巷裏人倒覺得來的突然，近看那柳枝，卻不見一片綠葉，以為是迷了眼兒。再從遠處看，那黃黃的，綠綠的，又瀰漫在巷中。這奇觀兒曾惹得好多人來，看了就嘆，嘆了就折，巷中人就有了制度：君子動眼不動手。只有遠道的客人難得來了，才折一枝二枝送去瓶插。瓶要瓷瓶，水要淨水，在茶桌幾案上置了，一夜便皮兒全綠，一天便嫩芽暴綻，三天吐出幾片綠葉，一直可以長出五指長短，不肯脫落，秀娟如美人的長眉。

　　到了夏日，柳樹全掛了葉子，枝條柔軟修長如長髮，數十縷一撮，數十撮一道，在空中吊了綠簾，巷面上看不見樓上窗，樓窗裏卻看清巷道人。只是天愈來愈熱，家家門窗對門窗，火爐對火爐，巷裏熱氣散不出去，人就全到了巷道。天一擦黑，男的一律褲頭，女的一律裙子，老人孩子無顧忌，便赤着上身，將那竹床，竹椅，竹蓆，竹凳，巷道兩邊擺滿，用水嘩地潑了，仄身躺着臥着上去，

茶一碗一碗喝，扇一時一刻搖，旁邊還放盆涼水，一刻鐘去擦一次。有月，白花花一片，無月，煙火頭點點，一直到了夜闌，打酣的，低談的，坐的，躺的，橫七豎八，如到了青島的海灘。

若是秋天，這裏便最潮濕，磚塊鋪成的路面上，人腳踏出坑凹，每一個磚縫都長出野草，又長不出磚面，就嵌滿了磚縫，自然分出一塊一塊的綠的方格兒。房基都很潮，外面的磚牆上印着泛潮後一片一片的白漬，內屋腳地，濕濕蟲繁生，半夜小解一拉燈，滿地濕濕蟲亂跑，使人毛骨悚然，正待要捉，卻霎時無影。難得的卻有了鳴叫的蛐蛐，水泥大樓上，柏油街道上都有着蛐蛐，這磚縫、木隙裏卻是牠們的家園。孩子們喜愛，大人也不去捕殺，夜裏懶散地坐在家中，倒聽出一種生命之歌，歡樂之歌。三天，五天，秋雨就落一場，風一起，一巷乒乓乒乓，門窗皆響，索索瑟瑟，枯葉亂飛。雨絲接着斜斜下來，和柳絲一同飄落，一會拂到東邊窗下，一會拂到西邊窗下。末了，雨戛然而止，太陽又出來，復照玻璃窗上，這兒一閃，那兒一亮，兩邊人家的動靜，各自又對映在玻璃上，如演電影，自有了天然之趣。

孩子們是最盼着冬天的了。天上下了雪，在樓上窗口伸手一抓，便抓回幾朵雪花，五角形的，七角形的，十分好看，湊近鼻子聞聞有沒有香氣，卻倏忽就沒了。等雪在柳樹上積得厚厚的了，看見有相識的打下邊過，動手一扯那柳枝，雪塊就嘩地砸下，並不生疼，卻吃一大驚，樓上樓下就樂得大呼小叫。逢着一個好日頭，家家就忙着打水洗衣，木盆都放在門口，女的揉，男的塗，花花彩彩的衣服全在樓窗前用竹杆挑起，層層迭迭，如辦展銷。風翻動處，常露出姑娘俊俏俏白臉，立即又不見了，唱幾句細聲細氣的電影

插曲，逗起過路人好多遐想。偶爾就又有頑童惡作劇，手握一小圓鏡，對巷下人一照，看時，頭兒早縮了，在木樓裏嗤嗤痴笑。

　　這裏每一個家裏，都在體現着矛盾的統一：人都肥胖，而樓梯皆瘦，兩個人不能並排，提水桶必須雙手在前；房間都小，而立櫃皆大，向高空發展，亂七八糟東西一古腦全塞進去；工資都少，而開銷皆多，上養老，下育小，兩個錢頂一個錢花，自由市場的鮮菜吃不起，只好跑遠道去國營菜場排隊；地位都低，而心性皆高，家家看重孩子學習，巷內有一位老教師，人人器重。當然沒有高幹、中幹住在這裏，小車不會來的，也就從不見交通警察，也不見一次戒嚴。他們在外從不管教別人，在家也不受人教管：夫妻平等，男回來早男做飯，女回來早女做飯。他們也談論別人住水泥樓上的單元，但末了就數說那單元房住了憋氣：一進房，門「砰」地關了，一座樓分成幾十個世界。也談論那些後有後院，前有籬笆花園的人家，但末了就又數說那平房住不慣：鄰人相見，而不能相逾。他們害怕那種隔離，就愈發維護着親近，有生人找一家，家家都說得清楚：走哪個門，上哪個梯，拐哪個角，穿哪個廊。誰家娶媳婦，鞭炮一響，兩邊樓上樓下伸頭去看，樂事的剪一把彩紙屑，撒下新郎新娘一頭喜，夜裏去看鬧新房，吃一顆喜糖，說十句吉祥。誰說不出誰家大人的小名，誰家小孩的脾性呢？

　　他們沒有兩家是鄉當的，漢，回，滿，各種風俗。也沒有說一種方言的，北京，上海，河南，陝西，南腔北調。人最雜，語言豐富，孩子從小就會說幾種話，各家都會炒幾種風味菜，除了外國人，哪兒的來人都能交談，哪兒來的劇團，都要去看。坐在巷中，眼不能看四方，耳卻能聽八面，城內哪個商場辦展銷，哪個工廠

辦技術夜校，哪個書店賣高考複習資料？只要一家知道，家家便知道。北京開了什麼會，他們要議論，某個球隊出國得了冠軍，他們要歡呼，哪個幹部搞走私，他們要咒罵。議完了，笑完了，罵完了，就各自回家去安排各家的事情，因為房小錢少，夫妻也有吵的，孩子也有哭的。但一陣雷鳴電閃，立即便風平浪靜，妻子依舊是乳，丈夫依舊是水，水乳交融，誰都是誰的俘虜；一個不笑，一個不走，兩個笑了，孩子就樂，出來給人說：爸叫媽是冤家，媽叫爸是對頭。

早上，是這個巷子最忙的時候。男的去買菜，排了豆腐隊，又排蘿蔔隊，女的給孩子穿衣餵奶，去爐子上燒水做飯。一家人匆匆吃了，但收拾扮卻費老長時間：女的頭髮要油光鬆軟，褲子要線楞不倒，男子要領齊帽端，鞋光襪淨，夫妻各自是對方的鏡子，一切滿意了，一溜一行自行車扛下樓，一聲叮鈴，千聲呼應，頭尾相接，出巷去了。中午巷中人少，孩子可以隔巷道打羽毛球。黃昏來了，巷中就一派悠閒：老頭去餵鳥兒，小夥去養魚，女人最喜育花。鳥籠就掛滿樓窗和柳丫上，魚缸是放在走廊、台階上，花盆卻苦於沒處放，就用鐵絲木板在窗外凌空吊一個涼台。這裏的姑娘和月季，突然被發現，立即成了長安城內之最，五年之中，姑娘被各劇團吸收了十人，月季被植物園專家參觀了五次。

就是這麼個巷子，開始有了聲名，參觀者愈來愈多了。八一年冬，我由郊外移居城內，天天上下班，都要路過這巷子，總是帶了油鹽醬醋瓶，去那巷頭四間門面捎帶，吃醋椒是酸辣，嚐鹽鹼是鹹苦。進了巷口，一直往南走，短短小巷，卻用去我好多時間，走一

步，看一步，想一步，千縷思緒，萬般感想。出了南巷口，見孩子們又湧集在甘蔗鋪前啃甘蔗，吃得有滋有味，小孩吃，大人也吃。我便不禁兩耳下陷坑，滿口生津，走去也買一根，果然水分最多，糖分最濃，且甜味最長。

記於一九八二年七月二日靜虛村

（選自《文學報》，1982 年 10 月 21 日）

學圃記閒
幹校六記之三

楊 絳

　　我們連裏是人人盡力幹活兒，盡量吃飯——也算是各盡所能、各取所需吧？當然這只是片面之談，因為各人還領取不同等級的工資呢。我吃飯少，力氣小，幹的活兒很輕，而工資卻又極高，可説是佔盡了「社會主義優越性」的便宜，而使國家吃虧不小。我自覺受之有愧，可是誰也不認真理會我的歉意。我就安安分分在幹校學種菜。

　　新關一個菜園有許多工程。第一項是建造廁所。我們指望招徠過客為我們積肥，所以地點選在沿北面大道的邊上。五根木棍——四角各樹一根，有一邊加樹一棍開個門；編上黍秸的牆，就圍成一個廁所。裏面埋一口缸漚尿肥；再挖兩個淺淺的坑，放幾塊站腳的磚，廁所就完工了。可是還欠個門簾。阿香和我商量，要編個乾乾淨淨的簾子。我們把黍秸剝去殼兒，剝出光溜溜的芯子，用麻繩細細緻致編成一個很漂亮的門簾；我們非常得意，掛在廁所門口，覺得這廁所也不同尋常。誰料第二天清早跑到菜地一看，門簾不知去向，積的糞肥也給過路人打掃一空。從此，我和阿香只好互充門簾。

　　菜園沒有關欄。我們菜地的西、南和西南隅有三個菜園，都屬學部的幹校。有一個菜園的廁所最講究，糞便流入廁所以外的池子

裏去，廁內的坑都用磚砌成。可是他們積的肥大量被偷，據說幹校的糞，肥效特高。

我們挖了一個長方形的大淺坑漚綠肥。大家分頭割了許多草，漚在坑裏，可是不過一頓飯的功夫，漚的青草都不翼而飛，大概是給拿去餵牛了。在當地，草也是希罕物品，乾草都連根鏟下充燃料。

早先下放的連，菜地上都已蓋上三間、五間房子。我們倉促間只在井台西北搭了一個窩棚。樹起木架，北面築一堵「干打壘」的泥牆，另外三面的牆用秫秸編成。棚頂也用秫秸，上蓋油氈，下遮塑料布。菜園西北有個磚窰是屬學部幹校的，窰下散落着許多碎磚。我們揀了兩車來鋪在窩棚的地下，棚裏就不致太潮濕。這裏面還要住人呢。窩棚朝南做了一扇結實的木門，還配上鎖。菜園的班長，一位在菜園班裏的詩人，還有「小牛」──三人就住在這個窩棚裏，順帶看園。我們大家也有了個地方可以歇歇腳。

菜畦裏先後都下了種。大部分是白菜和蘿蔔；此外，還有青菜、韭菜、雪裏紅、萵筍、胡蘿蔔、香菜、蒜苗等。可是各連建造的房子──除了最早下放的幾連──都聚在幹校的「中心點」上，離這個菜園稍遠。我們在新屋近旁又分得一塊菜地，壯勞力都到那邊去整地挖溝。舊菜園裏的莊稼不能沒人照看，就叫阿香和我留守。

我們把不包心的白菜一葉葉順序包上，用藤纏住，居然有一部分也長成包心的白菜，只是包得不緊密。阿香能挑兩桶半滿的尿，我就一杯杯舀來澆灌。我們偏愛幾個「象牙蘿蔔」或「太湖蘿蔔」──就是長的白蘿蔔。地面上露出的一寸多，足有小飯碗那麼

頂。我們私下說：「咱們且培養尖子！」所以把班長吩咐我們撒在胡蘿蔔地裏的草木灰，全用來肥我們的寶貝。真是寶貝！到收穫的時候，我滿以為泥下該有一尺多長呢，至少也該有大半截。我使足勁兒去拔，用力過猛，撲通跌坐地下，原來泥裏只有幾莖鬍鬚。從來沒見過這麼扁的「長」蘿蔔！有幾個紅蘿蔔還像樣，一般只有鴨兒梨大小。天氣漸轉寒冷，蹲在畦邊鬆土拔草，北風直灌入背心。我們回連吃晚飯，往往天都黑了。那年十二月，新屋落成，全連搬到「中心點」上去；阿香也到新菜地去幹活兒。住窩棚的三人晚上還回舊菜園睡覺，白天只我一人在那兒看守。

班長派我看菜園是照顧我，因為默存的宿舍就在磚窰以北不遠，只不過十多分鐘的路。默存是看守工具的。我的班長常叫我去借工具。借了當然還要還。同夥都笑嘻嘻地看我興沖沖走去走回，借了又還。默存看守工具只管登記，巡夜也和別人輪值，他的專職是通信員，每天下午到村上郵電所去領取報紙、信件、包裹等回連分發。郵電所在我們菜園的東南。默存每天沿着我們菜地東邊的小溪迤邐往南又往東去。他有時繞道到菜地來看我，我們大夥兒就停工歡迎。可是他不敢耽擱時間，也不願常來打擾。我和阿香一同留守菜園的時候，阿香會忽然推我說：「瞧！瞧！誰來了！」默存從郵電所拿了郵件，正迎着我們的菜地走來。我們三人就隔着小溪叫應一下，問答幾句。我一人守園的時候，發現小溪乾涸，可一躍而過；默存可由我們的菜地過溪往郵電所去，不必繞道。這樣，我們老夫婦就經常可在菜園相會，遠勝於舊小說、戲劇裏後花園私相約會的情人了。

默存後來發現，他壓根兒不用跳過小溪，往南去自有石橋通往東岸。每天午後，我可以望見他一腳高、一腳低從磚窰北面跑來。

有時風和日麗，我們就在窩棚南面灌水渠岸上坐一會兒曬曬太陽。有時他來晚了，站着說幾句話就走。他三言兩語、斷斷續續、想到就寫的信，可親自擺給我。我常常鎖上窩棚的木門，陪他走到溪邊，再忙忙回來守在菜園裏，目送他的背影漸遠漸小，漸漸消失。他從郵電所回來就急要回連分發信件和報紙，不肯再過溪看我。不過我老遠就能看見他迎面而來；如果忘了什麼話，等他回來可隔溪再說兩句。

在我，這個菜園是中心點。菜園的西南有個大土墩，幹校的人稱為「威虎山」，和菜園西北的磚窰遙遙相對。磚窰以北不遠就是默存的宿舍。「威虎山」以西遠去，是幹校的「中心點」——我們那連的宿舍在「中心點」東頭。「威虎山」坡下是幹校某連的食堂，我的午飯和晚飯都到那裏去買。西鄰的菜園有房子，我常去討開水喝。南鄰的窩棚裏生着火爐，我也曾去討過開水。因為我只用三塊磚搭個土灶，揀些黍秸燒水；有時風大，點不着火。南去是默存每日領取報紙信件的郵電所。溪以東田野連綿，一望平疇，天邊幾簇綠樹是附近的村落；我曾寄居的楊村還在樹叢以東。我以菜園為中心的日常活動，就好比蜘蛛踞坐菜園裏，圍繞着四周各點吐絲結網；網裏常會留住些瑣細的見聞、飄忽的隨感。

我每天清早吃罷早點，一人往菜園去，半路上常會碰到住窩棚的三人到「中心點」去吃早飯。我到了菜園，先從窩棚木門旁的黍秸裏摸得鑰匙，進門放下隨身攜帶的飯碗之類，就鎖上門，到菜地巡視。胡蘿蔔地在東邊遠處，泥硬土瘠，出產很不知人意。可是稍大的常給人拔去；拔得匆忙，往往留下一截尾巴，我挖出來厚些井水洗淨，留以解渴。鄰近北邊大道的白菜，一旦捏來菜心已長瓷實，就給人斫去，留下一個個斫痕猶新的菜根。一次我發現三四棵

長足的大白菜根已斫斷，未及拿走，還端端正正站在畦裏。我們只好不等白菜全部長足，搶先收割。一次我剛繞到窩棚後面，發現三個女人正在拔我們的青菜，她們站起身就跑，不料我追得快，就一面跑一面把青菜拋擲地下。她們籃子裏沒有贓，不怕我追上。其實，追只是我的職責；我倒但願她們把青菜帶回家去吃一頓；我拾了什麼用也沒有。

她們不過是偶然路過。一般出來揀野菜、拾柴草的，往往十來個人一群，都是七八歲到十二三歲的男女孩子，由一個十六七歲的大姑娘或四五十歲的老大娘帶領着從村裏出來。他們穿的是五顏六色的破衣裳，一手挎着個籃子，一手拿一把小刀或小鏟子。每到一處，就分散為三人一夥、兩人一夥，以揀野菜為名，到處游弋，見到可揀的就收在籃裏。他們在樹苗林裏斫下樹枝，並不馬上就揀；揀了也並不留在籃裏，只分批藏在道旁溝邊，結扎成一捆一捆。午飯前或晚飯前回家的時候，這隊人背上都馱着大捆柴草，籃子裏也各有所獲。有些大膽的小夥子竟拔了樹苗，捆扎了拋在溪裏，午飯或晚飯前挑着回家。

我們窩棚四周散亂的黍秸早被他們收拾乾淨，廁所的五根木柱逐漸偷剩兩根，後來連一根都不剩了。廁所圍牆的黍秸也愈拔愈稀，漸及窩棚的黍秸。我總要等背着大捆柴草的一隊隊都走遠了，才敢到「威虎山」坡的食堂去買飯。

一次我們南鄰的菜地上收割白菜。他們人手多，勞力強，幹事又快又利索，和我們菜園班大不相同。我們班裏老弱居多；我們斫呀，拔呀，搬成一堆堆過磅呀，登記呀，裝上車呀，送往「中心點」的廚房呀……大家忙了一天，菜畦裏還留下滿地的老菜幫子。他們

那邊不到日落，白菜收割完畢，菜地打掃得乾乾淨淨。有一位老大娘帶着女兒坐在我們窩棚前面，等着揀菜幫子。那小姑娘不時的跑去看，又回來報告收割的進程。最後老大娘站起身說：「去吧！」

小姑娘說：「都掃淨了。」

她們的話，說快了我聽不大懂，只聽得連說幾遍「餵豬」。那老大娘憤然說：「地主都讓揀！」

我就問，那些幹老的菜幫子揀來怎麼吃。

小姑娘說：先煮一鍋水，揉碎了菜葉撒下，把麵糊倒下去，一攪，「可好吃哩！」

我見過他們的「饃」是紅棕色的，麵糊也是紅棕色；不知「可好吃哩」的麵糊是何滋味。我們日常吃的老白菜和苦蘿蔔雖然沒什麼好滋味，「可好吃哩」的滋味卻是我們應該體驗而沒有體驗到的。

我們種的疙瘩菜沒有收成；大的像桃兒，小的只有杏子大小。我收了一堆正在挑選，準備把大的送交廚房。那位老大娘在旁叮着看，問我怎麼吃。我告訴她：腌也行，煮也行。我說：「大的我留，小的送你。」她大喜，連說「好！大的給你，小的給我。」可是她手下卻快，盡把大的往自己籃裏揀。我不和她爭，只等她揀完，從她籃裏揀回一堆大的，換給她兩把小的。她也不抗議，很滿意地回去了。我卻心上抱歉，因為那堆稍大的疙瘩，我們廚房裏後來也沒有用。但我當時不敢隨便送人，也不能開這個例。

我在菜園裏拔草間苗，村裏的小姑娘跑來閒看。我學着她們的鄉音，可以和她們攀話。我把細小的綠苗送給她們，她們就幫我拔草。她們稱男人為「大男人」；十二三歲的小姑娘，已由父母之命

定下終身。這小姑娘告訴我那小姑娘已有婆家；那小姑娘一面害羞抵賴，一面說這小姑娘也有婆家了。她們都不識字。我寄居的老鄉家比較是富裕的，兩個十歲上下的兒子不用看牛賺錢，都上學；可是他們十七八歲的姊姊卻不識字。她已由父母之命、媒妁之言，和鄰村一位年貌相當的解放軍戰士訂婚。兩人從未見過面。那位解放軍給未婚妻寫了一封信，並寄了照片。他小學程度，相貌是渾樸的莊稼人。姑娘的父母因為和我同姓，稱我為「俺大姑」；他們請我代筆回信。我舉筆半天，想不出一句合適的話；後來還是同屋你一句，我一句拼湊了一封信。那位解放軍連姑娘的照片都沒見過。

村裏十五六歲的大小子，不知怎麼回事，好像成天都閒來無事的，背着個大筐，見什麼，拾什麼。有時七八成群，把道旁不及胳膊粗的樹拔下，大夥兒用樹幹在地上拍打，「哈！哈！哈！」粗聲訇喝着圍獵野兔。有一次，三四個小夥子闖到菜地裏來大吵大叫，我忙趕去，他們說菜畦裏有「貓」。「貓」就是兔子。我說：這裏沒有貓。躲在菜葉底下的那頭兔子自知藏身不住，一道光似的直竄出去。兔子跑得快，狗追不上。可是幾條狗在獵人指使下分頭追趕，兔子幾回轉折，給三四條狗團團圍住。只見牠縱身一躍有六七尺高，掉下地就給狗咬住。在牠縱身一躍的時候，我代牠心膽俱碎。從此我聽到「哈！哈！哈！」粗啞的訇喝聲，再也沒有好奇心去觀看。

有一次，那是一九七一年一月三日，下午三點左右，忽有人來，指着菜園以外東南隅兩個墳墩，問我是否幹校的墳墓。隨學部幹校最初下去的幾個拖拉機手，有一個開拖拉機過橋，翻在河裏淹死了。他們問我那人是否埋在那邊。我說不是；我指向遙遠處，告訴了那個墳墓所在。過了一會兒，我看見幾個人在胡蘿蔔地東邊的

溪岸上挖土，旁邊歇着一輛大車，車上蓋着葦席。啊！他們是要埋死人吧？旁邊站着幾個穿軍裝的，想是軍宣隊。

我遠遠望着，刨坑的有三四人，動作都很迅速。有人跳下坑去挖土；後來一個個都跳下坑去。忽又有人向我跑來。我以為他是要喝水；他卻是要借一把鐵鍬，他的鐵鍬柄斷了。我進窩棚去拿了一把給他。

當時沒有一個老鄉在望，只那幾個人在刨坑，忙忙地，急急地。後來，下坑的人只露出了腦袋和肩膀，坑已夠深。他們就從葦席下抬出一個穿藍色制服的屍體。我心裏震驚，遙看他們把那死人埋了。

借鐵鍬的人來還我工具的時候，我問他死者是男是女，什麼病死的。他告訴我，他們是某連，死者是自殺的，三十三歲，男。

冬天日短，他們拉着空車回去的時候，已經暮色蒼茫。荒涼的連片菜地裏闃無一人。我慢慢兒跑到埋人的地方，只看見添了一個扁扁的土饅頭。誰也不會注意到溪岸上多了這麼一個新墳。

第二天我告訴了默存，叫他留心別踩那新墳，因為裏面沒有棺材，泥下就是身體。他從郵電所回來，那兒消息卻多，不但知道死者的姓名，還知道死者有妻有子；那天有好幾件行李寄回死者的家鄉。

不久後下了一場大雪。我只愁雪後地塌墳裂，屍體給野狗拖出來。地果然塌下些，墳卻沒有裂開。

整個冬天，我一人獨守菜園。早上太陽剛出，東邊半天雲彩絢爛。遠遠近近的村子裏，一批批老老少少的村裏人，穿着五顏六

色的破衣服成群結隊出來，到我們菜園鄰近分散成兩人一夥、三人一夥，消失各處。等夕陽西下，他們或先或後，又成群負載而歸。我買了晚飯回菜園，常站在窩棚門口慢慢地吃。晚霞漸漸暗淡，暮靄沉沉，野曠天低，菜地一片昏暗，遠近不見一人，也不見一點燈光。我退入窩棚，只聽見黍秸裏不知多少老鼠在跳踉作耍，枯葉窸窸窣窣地響。我舀些井水洗淨碗匙，就鎖上門回宿舍。

人人都忙着幹活兒，唯我獨閒；閒得慚愧，也閒得無可奈何。我雖然不懂得任何武藝，也大有魯智深在五台山禪院做和尚之概。

我住在老鄉家的時候，和同屋夥伴不在一處勞動，晚上不便和她們結隊一起回村。我獨往獨來，倒也自由靈便。而且我喜歡走黑路。打了手電，只能照見四周一小圈地，不知身在何處；走黑路倒能把四周都分辨清楚。我順着荒墩亂石間一條蜿蜒小徑，獨自回村；近村能看到樹叢裏閃出燈光。但有燈光處，只有我一個床位，只有帳子裏狹小的一席地——一個孤寂的歸宿，不是我的家。因此我常記起曾見一幅畫裏，一個老者背負行囊，挂着拐杖，由山坡下一條小路一步步走入自己的墳墓；自己彷彿也就是如此。

過了年，清明那天，學部的幹校遷往明港。動身前，我們菜園班全夥都回到舊菜園來，拆除所有的建築。可拔的拔了，可拆的拆了。拖拉機又來耕地一遍。臨走我和默存偷空同往菜園看一眼告別。只見窩棚沒了，井台沒了，灌水渠沒了，菜畦沒了，連那個扁扁的土饅頭也不知去向，只剩了滿佈坷垃的一片白地。

（選自《幹校六記》，北京：三聯書店，1981 年）

談迂

孫 犁

不諳世情謂之迂。多見於書呆子的行事中。

魯迅先生記述：他嘗告訴柔石，社會並不像柔石想的那麼單純，有的人是可以做出可怕的事情來的，甚至可以做血的生意。然而柔石好像不相信，他常常睜大眼睛問道：可能嗎？會有這種事情嗎？

這就叫做迂。凡迂，就是遇見的險惡少，仍以赤子之心待人。魯迅告訴柔石的是一九二七年的事。現在，時值三伏大熱，我記下幾件一九六七年冬天的瑣事，一則消暑，二則為後來人廣見聞增加閱歷。

一、我到幹校之前，已經在大院後樓關押了幾個月。在後樓時，一位兼做看管的女同志，因為我體弱多病，在小鋪給我買了一包油茶麵。我吃了幾次，剩了一點點，不忍拋棄，隨身帶到幹校去。一天清理書包，我把它倒進茶杯裏，用開水沖着吃了。當時，我以為同屋都是難友，又是多年同事，這口油茶又是從關押室帶來的，所以毫無忌諱，吃得很坦然。當時也沒有人說話。第二天清早，群眾專政室忽然調我們全棚到野外跑步，回到室內，已經大事搜查過，目標是：高級食品。可惜我的書包裏，是連一塊糖也搜不出來了。

二、剛到幹校時，大棚還沒修好，我分到離廚房近的一間小棚。有一天，我睡下的比較早，有一個原來很要好，平日並對我很尊重的同事，進來說：

「我把這鐮刀和繩子，放在你床鋪下面。」

當時，我以為他去勞動，回來得晚了，急着去吃飯，把東西先放在我這裏。就說：

「好吧。」

第二天早起，照例專政室的頭頭要集合我們訓話。這位頭頭，是一個典型的天津青皮、流氓、無賴。素日以心毒手狠著稱。他常常無事生非，找碴挑錯，不知道誰倒霉。這一天，他先是批判我，我正在低頭聽着的時候，忽然那位同事說：

「剛才，我從他床鋪下，找到一把鐮刀和一條繩子。」

我非常憤怒，不知是從哪裏飛來的勇氣，大聲喝道：

「那是你昨天晚上放下的！」

他沒有說話。專政室的頭頭威風地衝我前進一步，但馬上又退回去了。

在那時，鐮刀和繩子，在我手裏，都會看做兇器的，不是企圖自殺，就是妄想暴動，如不當場揭發，其後果是很危險的，不堪設想的。所以說，多麼迂的人，一得到事實的教訓，就會變得聰明瞭。當時排隊者不下數十人，其中不少人，對我的非凡氣概為之一驚，稱快一時。

三、有一棚友，因為平常打慣了太極拳，一天清早起來勞動之前，在院子裏又比劃了兩下。有人就報告了專政室，隨之進行批判。題目是：「鍛煉狗體，準備暴動！」

　　四、此事發生在別的牛棚，是聽別人講的，附錄於此。棚長長夏無事，搬一把椅子，坐在棚口小楊樹下，看「牛鬼蛇神」們勞動。忽然叫過一個知識分子來，命令說：

　　「你拔拔這棵楊樹！」

　　這個人拔了拔説：

　　「我拔不動！」

　　棚長冷笑着對全體「牛鬼蛇神」説：

　　「怎麼樣？你們該服了吧，蚍蜉撼樹談何易！」

　　這可以説是對「迂」人開的一次玩笑。但經過這場血的洗禮，我敢斷言，大多數的迂夫子，是要變得聰明一些了。

　　　　　　　　　　　　　一九八二年七月十五日清晨。

　　　　　　　　　　　　　暑期已屆，大院只有此時安靜

（選自《遠道集》，天津：百花文藝出版社，1984 年）

座位
千字文之一

蕭　乾

一九六七年快入伏的時候，北京的人口空前地膨脹起來。市內交通工具本來就緊張，那陣子上歲數的能擠上汽車就算本事，至於座位，那得看小將們的風格了。

事情發生在十路公共汽車上。車裏幾乎一半乘客都是些年輕小夥子，坐着、站着的都有。車開到六部口站，也就是中南海紅牆前面，一個乾癟的老太婆居然也擠了上來。她臉色枯黃，瘦得確實就剩一把骨頭了；雙頰佈滿那種網狀皺紋，從腮部看，嘴裏就是有牙也剩不了幾顆了。天那麼熱，可她頭上卻戴了一頂黑色毛線織的小帽，乍看很像個尼姑。

她氣喘吁吁地攀上來後，車門就關上了。汽車開動前，照例要那麼吼上一聲，不料卻把老太婆嚇了一跳。她慌張地往人叢裏擠。

這時，把車門站着一個精神抖擻的小青年，一身草綠制服，肩頭挎着個薑黃色的背包，一看就知道是來串連的。老太婆的可憐相大概觸動了他的同情心。只聽他扯了喉嚨嚷：「同志們，要鬥私批修，給老太太讓個座位！」一邊嚷，一邊用嚴厲的目光瞪着坐在頭排邊上的一個中年人。是由於那句語錄的力量吧，那人趕緊欠起身來，把座位空了出來。

老太婆哆哆嗦嗦，像是想坐不敢坐的樣子。最後，她還是顫微微地道了謝，一手扶着椅背慢慢坐了下來。坐下之後，還東張張、西望望，彷彿怕誰會傷害她似的。

　　汽車從中南海那座紅油漆大門馳過，然後，朝人民大會堂的方向開去。這時，車裏有人喊喊喳喳地議論起來：「大熱天的，怎麼還戴頂毛線帽？」「瞧她那副熊相就不地道！」

　　這些議論當然也送進那位喊「要鬥私批修」的青年耳裏。他一邊聽，一邊用眼睛緊緊盯住老太婆。突然間，他採取了一個革命行動，把扣在老太婆頭上的那頂黑色毛線帽硬給拽了下來。登時露出的是個剛剛剃完還有些發亮的光頭。

　　老太婆本能地蜷縮成一個團團，渾身哆嗦起來。

　　「啊，我上你當了！」青年像是抓到什麼罪證似的提着那頂小帽，厲聲嚷道：「你這個黑五類，滾下去！」

　　車上的人都吃驚起來，有的也附和着罵了起來，也有的緘默不語。

　　「站起來！」那個青年氣沖沖地命令老太婆，他感到特別有責任來專她的政。

　　這時，老太婆才佝僂着腰，用顫抖的手撐着座位站了起來，頭低着，肩頭閃着，彷彿生怕青年給她一拳。

　　車開到了勞動人民文化宮站。老太婆在眾目睽睽之下，扶着車門把手下了車。

下命令趕她的那個青年坐了下來。他繼續用憤怒的目光瞪着車下那個老太婆，一隻手撥開制服的領子，另一隻手用一張小報使勁地搧着自己。

一九八一年

（選自《蕭乾選集》第 3 卷，成都：四川人民出版社，1984 年）

小狗包弟

　　一個多月前，我還在北京，聽人講起一位藝術家的事情，我記得其中一個故事是講藝術家和狗的。據說藝術家住在一個不太大的城市裏，隔壁人家養了小狗，牠和藝術家相處很好，藝術家常常用吃的東西款待牠。文革期間，城裏發生了從未見過的武鬥，藝術家害怕起來，就逃到別處躲了一段時期。後來他回來了，大概是給人揪回來的，説他「裏通外國」，是個反革命，批他，鬥他，他不承認，就痛打，拳打腳踢，棍棒齊下，不但頭破血流，一條腿也給打斷了。批鬥結束，他走不動，讓專政隊拖着他遊街示眾，衣服撕破了，滿身是血和泥土，口裏發出呻喚。認識的人看見半死不活的他都掉開頭去。忽然一隻小狗從人叢中跑出來，非常高興地朝着他奔去。牠親熱地叫着，撲到他跟前，到處聞聞，用舌頭舔舔，用腳爪在他的身上撫摸。別人趕牠走，用腳踢，拿棒打，都沒有用，牠一定要留在牠的朋友的身邊。最後專政隊用大棒打斷了小狗的後腿，牠發出幾聲哀叫，痛苦地拖着傷殘的身子走開了。地上添了血跡，藝術家的破衣上留下幾處狗爪印。藝術家給關了幾年才放出來，他的第一件事就是買幾斤肉去看望那隻小狗。鄰居告訴他，那天狗給打壞以後，回到家裏什麼也不吃，哀叫了三天就死了。

　　聽了這個故事，我又想起我曾經養過的那條小狗。是的，我也養過狗，那是一九五九年的事情，當時一位熟人給調到北京工作，

要將全家遷去，想把他養的小狗送給我，因為我家裏有一塊草地，適合養狗的條件。我答應了，我的兒子也很高興。狗來了，是一條日本種的黃毛小狗，乾乾淨淨，而且有一種本領：牠有什麼要求時就立起身子，把兩隻前腳並在一起不停地作揖。這本領不是我那位朋友訓練出來的。牠還有一位瑞典舊主人，關於他我毫無所知。他離開上海回國，把小狗送給接受房屋租賃權的人，小狗就歸了我的朋友。小狗來的時候有一個外國名字，它的譯音是「斯包弟」。我們簡化了這個名字，就叫牠做「包弟」。

包弟在我們家待了七年，同我們一家人處得很好。牠不咬人，見到陌生人，在大門口吠一陣，我們一聲叫喚，牠就跑開了。夜晚籬笆外面人行道上常常有人走過，牠聽見某種聲音就會朝着籬笆又跑又叫，叫聲的確有點刺耳，但牠也只是叫幾聲就安靜了。牠在院子裏和草地上的時候多些，有時我們在客廳裏接待客人或者同老朋友聊天，牠會進來作幾個揖，討糖果吃，引起客人發笑。日本朋友對牠更感興趣，有一次大概在一九六三年或以後的夏天，一家日本通訊社到我家來拍電視片，就拍攝了包弟的鏡頭。又有一次日本作家由起女士訪問上海，來我家作客，對日本產的包弟非常喜歡，她說她在東京家中也養了狗。兩年以後，她再到北京參加亞非作家緊急會議，看見我她就問：「您的小狗怎樣？」聽我說包弟很好，她笑了。

我的愛人蕭珊也喜歡包弟。在三年困難時期，我們每次到文化俱樂部吃飯，她總要向服務員討一點骨頭回去餵包弟。一九六二年我們夫婦帶着孩子在廣州過了春節，回到上海，聽妹妹們說，我們在廣州的時候，睡房門緊閉，包弟每天清早守在房門口等候我們出

來。牠天天這樣，從不厭倦。牠看見我們回來，特別是看到蕭珊，不住的搖頭擺尾，那種高興、親熱的樣子，現在想起來我還很感動，我彷彿又聽見由起女士的問話：「您的小狗怎樣？」

「您的小狗怎樣？」倘使我能夠再見到那位日本女作家，她一定會拿同樣的一句話問我。她的關心是不會減少的。然而我已經沒有小狗了。

一九六六年八月下旬紅衛兵開始上街抄四舊的時候，包弟變成了我們家的一個大包袱，晚上附近的小孩時常打門大喊大嚷，說是要殺小狗。聽見包弟尖聲吠叫，我就膽戰心驚，害怕這種叫聲會把抄四舊的紅衛兵引到我家裏來。當然我已經處於半靠邊的狀態，傍晚我們在院子裏乘涼，孩子們都勸我把包弟送走，我請我的大妹妹設法。可是在這時節誰願意接受這樣的禮物呢？據說只好送給醫院由科研人員拿來做實驗用，我們不願意。以前看見包弟作揖，我就想笑，這些天我在機關學習後回家，包弟向我作揖討東西吃，我卻暗暗地流淚。

形勢愈來愈緊。我們隔壁住着一位年老的工商業者，原先是某工廠的老闆，住屋是他自己修建的，同我的院子只隔了一道竹籬。有人到他家去抄四舊了。隔壁人家的一動一靜，我們聽得清清楚楚，從籬笆縫裏也看得見一些情況。原來是抄家。這個晚上附近小孩幾次打門捉小狗，幸而包弟不曾出來亂叫，也沒有給捉了去。這是我六十多年來第一次看見抄家，人們拿着東西進進出出，一些人在大聲叱罵，有人摔破罈罈罐罐。這情景實在可怕。十多天來我就睡不好覺，這一夜我想得更多，同蕭珊談起包弟的事情，我們最後決定把包弟送到醫院去，交給我的大妹妹去辦。

包弟送走後，我下班回家，聽不見狗叫聲，看不見包弟向我作揖、跟着我進屋，我反而感到輕鬆，真有一種摔掉包袱的感覺。但是在我吞了兩片眠爾通、上床許久還不能入睡的時候，我不由自主地想到了包弟，想來想去，我又覺得我不但不曾摔掉什麼，反而背上了更加沉重的包袱。在我眼前出現的不是搖頭搖尾、連連作揖的小狗，而是躺在解剖桌上給割開肚皮的包弟。我再往下想，不僅是小狗包弟，連我自己也在受解剖。不能保護一條小狗，我感到羞恥；為了想保全自己，我把包弟送到解剖桌上，我瞧不起自己，我不能原諒自己！我就這樣可恥地開始了十年浩劫中逆來順受的苦難生活。一方面責備自己，另一方面又想保全自己，不要讓一家人跟自己一起墮入地獄。我自己終於也變成了包弟，沒有死在解剖桌上，倒是我的幸運。……

　　整整十三年零五個月過去了。我仍然住在這所樓房裏，每天清早我在院子裏散步，腳下是一片衰草，竹籬笆換成了無縫的磚牆。隔壁房屋裏增加了幾戶新主人，高高牆壁上多開了兩堵窗，有時倒下一點垃圾。當初剛搭起的葡萄架給蟲蛀後早已塌下來掃掉，連葡萄藤也被挖走了。右面角上卻添了一個大化糞池，是從緊靠着的五層樓公寓遷過來的。少掉了好幾株花，多了幾棵不開花的樹。我想念過去同我一起散步的人，在綠草如茵的時節，她常常彎着身子，或者坐在地上拔除雜草，在午飯前後她有時逗着包弟玩。……我好像做了一場大夢。滿園的創傷使我的心彷彿又給放在油鍋裏熬煎。這樣的熬煎是不會有終結的，除非我給自己過去十年的苦難生活作了總結，還清了心靈上的欠債。這絕不是容易的事。那麼我今後的日子不會是好過的吧。但是那十年我也活過來了。

即使在「說謊成風」的時期，人對自己也不會講假話，何況在今天，我不怕大家嘲笑，我要說，我懷念包弟，我想向牠表示歉意。

一九八〇年一月四日

（選自《芳草》，1980 年 3 月號）

著者簡介

魯迅（1881-1936）

浙江省紹興人。原名周樹人，字豫才，小名樟壽，至 38 歲，始用魯迅為筆名。文學家、思想家。1918 年發表首篇白話小説《狂人日記》，震動文壇。此後 18 年，筆耕不綴，在小説、散文、雜文、散文詩、舊體詩、外國文學翻譯及古籍校勘等方面貢獻卓著，創作的眾多文學形象深入人心。他的作品有不朽的魅力，直到今天，依然擁有眾多讀者。

代表作品：《朝花夕拾》、《吶喊》、《彷徨》等。

唐弢（1913-1992）

原名唐端毅，曾用筆名風子、晦庵等，生于浙江省鎮海縣。著名作家、文學理論家、魯迅研究家和文學史家。所著雜文思想、藝術均深受魯迅影響，針砭時弊，議論激烈，有時也含抒情，意味雋永，社會性、知識性、文藝性兼顧。

代表作品：《推背集》、《海天集》等。

柯靈（1909-2000）

原籍浙江紹興市斗門鎮，生於廣州，原名高季琳，筆名朱梵、宋約。當代著名作家、散文家和電影文學家。最早以散文步入文壇，其成就最大，影響最廣的也是散文。他的散文將古代文人之韻風與現代作家之思察融為一體，詞采飛揚、耐人咀嚼，堪稱散文之大家。

代表作品：《龍山雜記》系列，《柯靈電影劇本選集》等。

聶紺弩（1903－1986）

著名詩人、散文家。原名聶國棪，湖北京山人。在雜文、舊題詩創作和古典文學研究方面成就尤為卓著。他是中國現代雜文史上繼魯迅、瞿秋白之後，在雜文創作上成績卓著、影響很大的戰鬥雜文大家。其風格汪洋恣睢、用筆酣暢、反覆駁難、淋漓盡致，在雄辯中時時呈現出俏皮。

代表作品：《血書》、《寸磔紙老虎》等。

孫犁（1913－2002）

原名孫樹勛，河北省衡水市安平人，現當代著名小說家、散文家，「荷花澱派」的創始人。他的作品清新自然、樸素洗練、柔中寓剛、鮮明秀雅，有一種不可多得的文人氣質。

代表作品：《荷花澱》、《風雲初記》等。

秦牧（1919－1992）

廣東省澄海縣人。現代作家。20 世紀 30 年代末開始發表作品。寫作範圍頗廣，但以散文為主。他的文章搖曳多姿，光彩照人。藝術特徵鮮明，風格獨具，與眾不同。秦牧散文特點之一，是言近旨遠，哲理性強。

代表作品：《土地》、《長河浪花集》等。

老舍（1899－1966）

原名舒慶春，字舍予。因生於立春，取名「慶春」，意為前景美好。上學後，自己更名為舒舍予，意在「捨棄自我」。現代小說家、作家。老舍的語言俗白精緻，他自己說：「沒有一位語言藝術大師是脫離群眾的。」因此，在其作品中，一腔京味兒，很是動人。

代表作品：《駱駝祥子》、《四世同堂》等。

豐子愷（1898-1975）

浙江嘉興石門鎮人。原名豐潤，又名仁、仍，號子覬，後改為子愷，筆名 TK，以中西融合畫法創作漫畫而著名。其自幼愛好美術，後師從李叔同，也因此結緣佛學，故鄉居所命名「緣緣堂」。「一片片的落英，都含蓄着人間的情味。」（俞平伯評）

代表作品：《緣緣堂隨筆》、《畫中有詩》等。

王力（1900-1986）

字了一，廣西博白人。語言學家、教育家、翻譯家、散文家和詩人。中國現代語言學的奠基人之一，師從梁啟超、王國維、趙元任、陳寅恪等。

代表作品：《漢語詩律學》、《漢語史稿》等。

梁實秋（1903-1987）

原名梁治華，生於北京，浙江杭縣（今餘杭）人。筆名子佳、秋郎等。散文家、文學批評家、翻譯家，國內首個研究莎士比亞的權威，曾與魯迅等左翼作家筆戰不斷。

代表作品：《雅舍小品》、《槐園夢憶》等。

林語堂（1895-1976）

福建龍溪（漳州）人，原名和樂，後改玉堂，又改語堂。一代國學大師，現代著名作家、學者、翻譯家、語言學家。曾多次獲得諾貝爾文學獎提名的中國作家。將孔孟老莊哲學和陶淵明、李白、蘇東坡、曹雪芹等人的文學作品英譯推介海外，是第一位以英文書寫揚名海外的中國作家。

代表作品：《京華煙雲》、《吾國與吾民》、《生活的藝術》等。

李健吾（1906-1982）

山西運城人。現代作家、戲劇家、翻譯家、文學批評家，筆名劉西渭。中國現代五大評論家之一，國內最早從事法國文學研究的學者之一，譯有莫里哀、托爾斯泰、高爾基、屠格涅夫等名家的作品，並有研究專著問世。

代表作品：《雨中登泰山》、《草莽》等。

葉聖陶（1894-1988）

原名葉紹鈞，字秉臣，後字聖陶。江蘇蘇州人。著名作家、教育家、文學出版家和社會活動家，有「優秀的語言藝術家」之稱。他的散文或寫世抒情，或狀物記人，或議事說理，一般都有較為深厚的社會人生內容和腳踏實地的精神；藝術上則主要顯示出平淡雋永的情趣和平樸純淨的語言風格。

代表作品：《隔膜》、《腳步集》等。

夏丏尊（1886-1946）

浙江紹興上虞人。名鑄，字勉旃，後改字丏尊，號悶庵。文學家、語文學家、出版家和翻譯家。開明書社創辦人之一，創辦《中學生》雜誌。一生致力於教育，矢志不渝。曾與魯迅先生等參加反對尊孔復古的「木瓜之役」。

代表作品：《白馬湖之冬》、《文藝論 ABC》等。

劉半農（1891-1934）

江蘇江陰人，原名壽彭，後名復，初字半儂，後改半農，晚號曲庵。中國新文化運動先驅，文學家、語言學家和教育家。參與《新青年》雜誌的

編輯工作，積極投身文學革命，反對文言文，提倡白話文。魯迅先生在《憶劉半農君》一文中稱：「我願以憤火照出他的戰績，免使一群陷沙鬼將他先前的光榮和死屍一同拖入爛泥的深淵。」

代表作品：《揚鞭集》、《瓦釜集》、《半農雜文》等。

郁達夫（1896-1945）

原名郁文，字達夫，幼名阿鳳，浙江富陽人。中國現代著名小說家、散文家、詩人。他在文學上主張「文學作品，都是作家的自敍傳」，具有濃厚的浪漫主義傾向。

代表作品：《沉淪》、《故都的秋》、《春風沉醉的晚上》等。

周作人（1885-1967）

原名槐壽，字星杓，後改名奎綬，自號起孟、啟明、知堂等。魯迅之弟，周建人之兄。周作人精通日語、古希臘語、英語，並曾自學古英語、世界語。其致力於研究日本文化五十餘年，深得日本文學理念的精髓。其筆觸近似於日本傳統文學，以温和、沖淡之筆，把玩人生的苦趣。

代表作品：《藝術與生活》、《苦竹雜記》等。

朱自清（1898-1948）

祖籍浙江紹興，原名自華，字佩弦，號實秋。中國現代文學史上傑出的散文家、詩人。21 歲開始發表詩歌並出版詩集。27 歲時執教於清華大學，研究中國古典文學，創作則以散文為主。其散文名篇膾炙人口，是真正深入街頭巷尾的文學經典，被譽為「天地間至情文學」。

代表作品：《背影》、《你我》、《歐遊雜記》等。

賈平凹（1952- ）

原名賈平娃，陝西省丹鳳縣人。當代文壇屈指可數的文學大家和文學奇才，具有廣泛影響力。

代表作品：《秦腔》、《懷念狼》等。

楊絳（1911-2016）

本名楊季康，江蘇無錫人，著名文學家、翻譯家、戲劇家，錢鍾書夫人。一生堅忍於知識分子的良知與操守，堅貞於偉大女性的關懷與慈愛，固守於中國傳統文化的淡泊與堅韌，是丈夫口中「最賢的妻，最才的女」，被譽為「天下最有才情和風骨的女子」。

代表作品：《幹校六記》、《走到人生邊上》、《我們仨》等。

蕭乾（1910-1999）

原名蕭秉乾、蕭炳乾。北京人，蒙古族。著名作家、記者和翻譯家。1935 年畢業於燕京大學。曾任職於《大公報》，採訪過歐洲戰場、聯合國成立大會、波茨坦會議、紐倫堡戰犯審判。晚年寫出了三百多萬字的回憶錄、散文、特寫、隨筆及譯作。

代表作品：《籬下集》、《夢之谷》、《人生採訪》等。

巴金（1904-2005）

原名李堯棠，字芾甘，四川成都人，小說家、散文家、翻譯家，被譽為中國的「一代文學巨匠」、「語言大師」。巴金早年受五四文學思潮洗禮，追求民主、平等，追求光明、正義，終其一生從事文學創作。其作品大多以進步的知識青年為主人公，暴露舊制度、舊道德的罪惡，歌頌反抗和光明，藝術風格明朗、熾熱、流暢。

代表作品：《家》、《寒夜》、《隨想錄》等。

課堂外的讀本系列

陳平原、錢理群、黃子平 編